¿HOY ES MAÑANA?

Juan Ignacio Manterola

¿HOY ES MAÑANA?

Primera edición: marzo, 2026.

Diseño e ilustración de la cubierta: Juan Ignacio Manterola, imagen de IA con licencias.

Editor: Rompiendo Muros.

ISBN: 978-84-09-83598-0.

Dedicado a los verdaderos protagonistas de esta historia, a quienes siempre guardaré en mi corazón.

A las chicas y chicos del taller de Escritura, por acompañarme.

A Teresa, Esmeralda, Felipe, por escucharme.

A Katerina y a mi madre, como siempre.

El mundo entero es un saco de mierda que se está rompiendo por las costuras.

CHARLES BUKOWSKI
El capitán salió a comer y los marineros tomaron el barco.

Después de la tormenta, no viene la calma. Después del dolor, si no nos ponemos a pensar deprisa, viene el abismo.

RAY LORIGA
Días aún más extraños.

De los hombres, y de ellos sólo, es de quien hay que tener miedo, siempre.

LOUIS-FERDINAND CÉLINE
Viaje al fin de la noche.

Hay que tener miedo, querido mío. Mucho miedo. Así es como se llega a ser un hombre honrado.

JEAN-PAUL SARTRE
Las moscas.

Pretexto:

La historia que se cuenta en esta novela está basada en hechos reales. Buscando que el interés durante la lectura no desfalleciera en exceso, el ajuste argumental en algunos puntos de esta historia ha sido modificado pues, ya se sabe que, a veces, la realidad resulta más increíble que la propia ficción que la refiere. La prudencia del autor también ha aconsejado que los nombres de los personajes, y de los lugares donde transcurrió la verdadera historia, hayan sido modificados para evitar el peligro de resultar reconocibles.

La búsqueda de la justicia, aunque esta sea únicamente emocional y anhelada, es lo que ha motivado al autor para ponerse a escribir esta singular peripecia.

1. Seréis como dioses

Sonó el timbre del teléfono.

—¿Diga...? —Patricia balbuceó. Mostraba la sana compostura de los cuarenta y tantos años aderezada en la blanca tersura de la cara. Su cuerpo, menudo y bien proporcionado, se removió con improvisada alerta entre las sábanas. Pese a la temprana hora, a través de la ventana abierta empezaba a entrar desde la calle un calor ya incipiente y perturbador. A los pies de la cama, la perra emitió gruñidos de protesta. Olisqueó el aroma rancio de la habitación con el hocico todavía adormilado.

—¿Estás ahí...? ¿Me escuchas...? ¿Patricia...? —preguntó Hélène con la voz alterada.

—¿Qué ocurre...? —dijo Patricia, al tiempo que se incorporaba de un salto. Repasó las legañas de sus ojos con los dedos impacientes—. Hoy es sábado. ¿Son las siete de la mañan...? ¡Coño! ¿Hélène, por qué me llamas a estas horas? ¿Ocurre... algo?

—Vicente. Se trata de... Vicente...

—¡No me asustes! ¿Qué le pasa a... Vicente? —suplicó Patricia, al tiempo que se calzaba las zapatillas. Tapó su boca con una mano. La perra, alterada por lo inusual e inesperado de la situación, empezó a agitar el rabo y emitió cortos gruñidos mientras deambulaba de aquí para allá—. ¡Contesta! ¡Hélène, dime qué ocurre!

Hélène carraspeó. Quería dar una respuesta sensata, pero el ansia carcomía su resignación y adquirió una presencia incómoda en su garganta y su voz enmudeció.

—¡Hélène, no me oyes! ¡Dime qué ha ocurrido!

—*Mon dieu...!* Es que todavía no lo sé… —murmuró la mujer—. Vicente quedó ayer a la tarde con Jorge, para tomar una cerveza. Dios, hacía tiempo que no se veían. A Jorge le conoces, creo que le conoces. Hemos coincido alguna vez con él.

—¡Claro que conozco a Jorge! ¡Por favor, Hélène, céntrate! ¡Cuenta lo que ha ocurrido, venga, no te desvíes más! —interrumpió Patricia con el gesto extraviado—. Dime qué pasa. ¿Vicente no se encuentra bien?

—Pues, como te digo, él quedó con Jorge ayer a la tarde, a las ocho, en el centro de Madrid. Hay por allí un bar donde ambos solían reunirse hace años y...

—¿No has oído lo que acabo de decirte, Hélène? ¡Por favor, ve al grano!

—Sí, perdona... Vicente y yo íbamos a cenar aquí, en casa, cuando él volviera de su cita con Jorge. Queríamos celebrar nuestro aniversario, aunque ya sabes que a él no le gusta mucho esto de las celebraciones… No le entusiasma, no. Yo me había encargado de comprar el *sushi*, ese que tanto nos gusta a los dos. El *sushi* me costó un verdadero pastón…

—¡Hélène…! ¿Me has despertado a estas horas, a las siete de la mañana de un sábado, para contarme que Vicente y tú ibais a celebrar ayer vuestro aniversario con *sushi* del caro? ¿Hablas en serio?

—Está bien. Disculpa —soltó Hélène tras bufar por un momento—. *Mon dieu!* ¡Hostias! ¡Me extrañó que fueran las once y media de la noche y

Vicente no me hubiera advertido que había decidido, finalmente, no venir a nuestra cena! Era raro que no me hubiera dicho nada. El *sushi* se estropea si no se consume enseguida… Está bien, perdona, me centro. Siempre que a él le ha surgido algo, me ha avisado. Vicente es responsable, tú esto lo sabes bien. Decidí mandarle un mensaje a su teléfono. Sabes que no me gusta meterme donde no me llaman, ni ser pesada. Me pone de los nervios que los demás crean que los vigilo.

—¡Hélène, coño…! ¡Quieres decirme qué ha ocurrido! ¡Deja de dar tantos rodeos! ¿Vicente se encuentra bien, sí o no? ¿Está él contigo, ahora? ¿Puede ponerse al teléfono?

—Que sí, Patricia, me centro. Es que… estoy muy nerviosa, muy muy nerviosa…

—Pregunto si Vicente está ahí contigo.

—Espera que te cuente, Patricia. ¡Pues ocurre que Vicente no contestó a mi mensaje! Y eso me extrañó mucho. Bueno, me alteré bastante. Más de lo que ya estaba. A la media hora repetí el wasap y, tampoco esa vez recibí respuesta de su parte. Pero sí vi que se activaba la señal de que los mensajes le llegaban y eran leídos.

—¿Él leía los mensajes y no te contestaba? ¿Estás segura?

—*Oui*, muy segura. Aparecía el tic azul, indicando que el mensaje había sido leído.

Este último comentario de Hélène generó un instante de tensión, durante el cual las dos mujeres se mantuvieron a la espera, sin decir nada. El zumbido violento de una moto de gran cilindrada atravesó, implacable, el silencio instalado en ese momento y lo fue desmenuzando en pequeñas explosiones, pero lo hizo a trompicones, como ocurre con los inesperados petardos.

—¿Y qué más? —preguntó Patricia, cada vez más alarmada.

—A las doce y media le llamé —desveló Hélène—. Estaba muy harta de no tener noticias suyas —prosiguió explicando—. Su teléfono seguía encendido. Sonaba y sonaba, yo no sé cuántas veces sonó cuando le llamé, pero él no contestaba. ¿Le habrían robado el teléfono, o lo habría perdido, y por eso…?, pensé. No lo sé, la verdad. Pero era muy raro que él, Vicente, nuestro Vicente, al que todos conocemos más que de sobra, no contestara a mis wasaps. Ni a mis llamadas. Y si, de verdad, se había quedado sin teléfono, ¿por qué no me había avisado desde el teléfono de su amigo Jorge, si es que estaba con él, claro? Vete tú a saber. Cansada de esperar, tomé un Lexatin y decidí que lo mejor que podía hacer era irme a dormir. Estaba bastante rebotada y necesitaba descansar. Vicente nunca había desaparecido antes, así, sin avisar. De todos modos, me va a oír muy clarito cuando llegue, me dije. Aunque yo tenía la mosca muy detrás de la oreja, como decís por aquí vosotros. Por eso aguanté un poco más. A las dos de la madrugada, más o menos, me fui dormir. Bueno, eso de dormir es solo una manera de hablar… Cada vez que abría los ojos, llamaba a Vicente, o le enviaba un mensaje de texto. No he recibido respuesta hasta ahora. A la siete menos cinco me ha llegado un wasap suyo, un wasap siniestro, asqueroso, donde dice únicamente: «Ja, ja, ja…» ¿Tú lo entiendes, Patricia? ¿Ja, ja, ja, a las siete de la mañana, sin más ni más? Es evidente que el wasap lo ha escrito él, porque no tiene faltas de ortografía. Otra persona hubiese puesto, *jajaja,* todo junto, sin comas, sin mayúsculas, o veinte *jajajás* seguidos, o yo qué sé. Claro, esto me ha asustado a tope. Lo del mensaje de coña, mensaje cabrón, quiero decir. Vicente no se comporta así. Él es educado. Y tiene bien puesta la cabeza sobre los hombros. Tú esto lo sabes bien. Fuiste su novia antes que yo. ¡Él siempre contesta a las llamadas! ¡Siempre! ¡Y a los mensajes de texto! ¿A qué viene eso de reírse? ¿Ja, ja, ja? ¿Es muy gracioso que yo no sepa nada de él desde que marchó, a las ocho menos cuarto de la tarde de ayer? Patricia, estoy segura de que le ha ocurrido algo. Segura, no, muy segura. Segurísima. Aunque, si le ha ocurrido algo, por qué me envía ese wasap riéndose de mí… ¿A ti qué te parece? *S'il vous plait…* No sé qué hacer, Patricia. No sé qué puedo hacer… ¡Por eso te he llamado a estas horas…! ¡Por eso, solo por eso…! Perdona, perdona si te he despertado… Es que yo… Lo siento, Patricia, ¡siento no ser más fuerte!

Las dos se mantuvieron en silencio durante varios segundos. Se oyó, a través de la línea telefónica, el gruñido insistente de la perra de Patricia, que sin duda auguraba de ese modo un futuro incierto y peligroso. Patricia dio algunos pasos a lo largo de la habitación mientras sopesaba qué debía decir para apaciguar los nervios de la otra mujer.

—Hélène, vamos a pensar con calma… Que no sepas nada de Vicente, no significa que le haya ocurrido algo. Quizá bebió más de la cuenta y esté, ahora, durmiendo la mona… ¿No has pensado en esta posibilidad? Quizá estés llevando las cosas hasta un punto exagerado…

—Ya… Puede que tengas razón…

—Lo raro es lo del mensaje don los *jajajás*. No sé. Todo esto es muy extraño.

—Patricia… —dijo la interpelada. Después, aguantó en silencio hasta que el azogue de su agitada respiración se hizo insoportable—. Las dos sabemos que Vicente es incapaz de desaparecer sin dar explicaciones… Me habría enviado un mensaje advirtiéndome que se había pasado con la bebida... Las dos sabemos que esto es así… —un incontrolable sollozo estalló en la boca de la mujer.

—Hélène… —se atrevió a decir Patricia, que empezaba a resignarse ante la sospechosa evidencia—, lo primero que voy a pedirte es que te intentes tranquilizarte. ¿Me oyes? Haz un esfuerzo, por favor. Entiendo que esto de tranquilizarte te resulte difícil en estos momentos… Pero, piensa que vas a acabar poniéndome nerviosa también a mí, si no te calmas. Y, si las dos nos ponemos nerviosas, estaremos perdidas. Ahora debemos tener la cabeza fría —Hélène, tras escuchar las palabras de Patricia, esbozó un ligero sollozo, pero al momento, tuvo la suficiente decisión para abortarlo y consiguió mantener el silencio—. Bien. Te propongo algo. Me doy una ducha rápida y salgo cagando leches para tu casa. Mientras tanto… ¿Por qué no llamas a Jorge? Quizá él nos saque de dudas. ¿O le has llamado ya y te ha dicho algo que no cuadra…?

—No, no se me había ocurrido hacer eso todavía. ¡Tienes razón, qué cabeza más loca tengo! Voy a preguntarle, sí. Estoy tan alterada que no se me había ocurrido llamarlo antes… Si vieras cómo tengo ahora las manos. ¡Parece que tuvieran vida propia! ¡Son como unos bichos extrañísimos que…!

—Hélène, si Jorge te da alguna explicación que resuelva este asunto, me llamas, por favor. Y vuelvo a la cama de un salto. Anoche me lie un poco con la cervecita, y mi cabeza parece ahora un barril de pólvora. Apagado, eso sí, pero un barril de pólvora.

—*Oui.* A ver qué me cuenta Jorge… ¡Gracias, Patricia! ¡Muchísimas gracias por tu ayuda!

Ambas colgaron.

2. Burbujas de viento inestable

Patricia intentaba calmar el sollozo de Hélène. Le agarraba las manos, se las acariciaba con cariño. La besó varias veces en la frente.

—Verás como no le ha ocurrido nada —comentó—. Puede que estemos creando un mundo a partir de una simple mota de polvo. Seguro que la explicación a lo que está ocurriendo es más fácil de lo que pensamos.

Hélène cabeceó obligada por el peso de la duda.

—Si él hubiera tenido un accidente y estuviera ingresado en algún hospital, me habrían enviado un aviso, ¿verdad que sí? —reveló entre dientes—. Y, si… Si por desgracia… Si la policía lo hubiera encontrado muert… No sé… También me habrían avisado… ¿No te parece?

Después de que Hélène cerrara la puerta de la casa, las dos mujeres entraron abrazadas al salón. Ambas tomaron asiento en dos sillas que había a la vera de una mesa redonda.

—Jorge sigue con el teléfono apagado —precisó Hélène—. ¡Le he llamado ya unas veinte veces!

—Normal, a estas horas… Hoy es sábado…

—Y a Vicente le he llamado otras tantas desde que hablamos tú y yo. Su teléfono suena y suena, pero nadie contesta. También le he enviado otro montón de wasaps. Y nada.

Patricia llevó a cabo un gesto de desencanto. Negó despacio. Esparció, desde su cara, la inseguridad que atraviesa toda sospecha cierta.

—¿Qué podemos hacer, Patricia? —interpeló, temblando, Hélène. Luego refunfuñó y, dándose por vencida, reveló algo que consideraba importante, pero que no había contado todavía—. Habíamos quedado para comer hoy en casa de Victoria, la madre de Vicente. Una casualidad, sí. También irá su hermana Ana y el novio de ella. Aún queda mucho tiempo para eso, lo sé, pero si Vicente no aparece antes de la hora de comer, no sé qué voy a decirle a Victoria. La pobre anda tan pachucha últimamente.

—No te preocupes ahora por eso, Hélène —propuso Patricia empezando a golpear con los nudillos en la mesa—. Además, Victoria está casi recuperada del todo. No tiene secuelas, y las fuerzas le van llegando, poco a poco, pero le van llegando. Hablo con ella casi todos los días. ¿Tú no hablas con Victoria? Se supone que es tu suegra.

Hélène apoyó la frente en el borde de la mesa. Lanzó un suspiro blando, profundo.

De pronto sonó la chicharra de un despertador en alguno de los pisos de arriba. Alguien empezó a soltar el berrido de una canción que, por fortuna, se abortó al instante.

—Todo esto es muy desagradable. Mucho —murmuró Hélène—. Hace tiempo que Vicente no ve a su hermana. Nunca coinciden, por el ritmo de trabajo que llevan los dos. Su hermana le echa de menos. Y él también la echa de menos a ella —tras levantar la cabeza de la mesa, fue a decir —: ¿Crees que es normal el comportamiento de Vicente? ¿Es normal que desaparezca la noche anterior a la cita que tiene con su madre y con su hermana? No, ¿verdad que no? Él es un hombre responsable, las dos lo sabemos. En el caso de haber perdido las ganas de ir a comer a casa de su madre, lo hubiera dicho, *oui*. Y ahí se habría acabado la cuestión. Por eso digo que todo indica que le ha ocurrido algo. Voy a llamar a Jorge otra vez. —La otra mujer afirmó con determinación y agarró su teléfono, que estaba en la mesa.

Hélène pulsó la tecla en su teléfono para reiniciar la llamada. Al rato, dejó caer con brusquedad el teléfono, otra vez, encima de la mesa.

—¡Sigue apagado! ¡Coño, su teléfono sigue apagado! *Mon dieu!*

Patricia se incorporó. Dio varios pasos a lo largo de la estancia. Su mirada andaba raseando por la superficie del suelo, como ave que busca, ansiosa, la presencia de una presa fácil que no encuentra.

—Verás, disculpa por lo que voy a preguntarte ahora, pero... Te pido que seas sincera... —Hélène observó a Patricia con los ojos abiertos y prevenidos—. ¿Ha ocurrido algo entre vosotros dos, Hélène? —dijo Patricia y enseguida paró en seco. Miró a la otra con severidad—. Si ha ocurrido algo entre vosotros dos, si habéis tenido alguna discusión fuerte, creo que deberías contármelo. Así sabremos cómo debemos actuar, sin confundirnos.

Hélène elevó una mirada densa e intranquila. No se atrevió a abrir la boca, ni para respirar, durante varios segundos. ¿Cómo podía responder a esa pregunta inoportuna que le había hecho la otra mujer, sin llegar a comportarse de un modo maleducado o desconsiderado? Elevó la barbilla. Retó a Patricia con la mirada dispuesta a aplacar cualquier conato de enfrentamiento.

—*Oh là là!* Pues no, Patricia. Te puedo asegurar que Vicente y yo no hemos tenido ninguna discusión últimamente —sentenció Hélène—. La verdad es que nosotros discutimos poco.

—¿Seguro que no mientes? —insistió Patricia, fijando una mirada dura sobre los ojos de la otra—. ¿Es cierto que no me ocultas nada?

El frenazo brusco de un automóvil impulsó los hombros de Patricia y lanzó bruscamente su mirada hacia donde se encontraba la ventana abierta del salón.

—Coño, ¡cómo está de loca la gente! ¡Aprende a conducir!

—¿Por qué eres tan insolente conmigo? —precisó, un momento más tarde, la novia del desaparecido—. ¿Para qué iba a ocultarte nada? Ayer, cuando Vicente salió de casa para encontrarse con su amigo Jorge, estaba feliz. Se le vía feliz. Cansado, pero feliz, satisfecho. Sé que él vive muy feliz. *Pas de souci.* Los dos somos muy felices desde que compartimos piso. ¿Esto no te lo habíamos dicho antes? Pues sí. Que yo sepa, Vicente no tiene más problemas que los producidos por el estrés de viajar a Barcelona tres días a la semana para impartir sus clases en la universidad. Eso y el lío que tenemos con la obra de teatro que estamos preparando ahora, que también nos tiene un poco alterados a los dos. Pero nada más... Quien diga que vive el día a día sin problema alguno, miente, ¿no estás de acuerdo con mis palabras, Patricia? Todos sufrimos problemas, todos, cada cual los suyos, esto es evidente, pero ninguno de nuestros problemas es tan grave como para abandonar una casa y una relación sentimental sin previo aviso. *À tout, mon cheri!*

Patricia cabeceó con desgana. Pestañeó deprisa y elevó la mirada.

—Es tan extraordinario todo esto, que no sé qué puedo decir —precisó un instante más tarde—. Por ahora, a su madre no le decimos nada. ¿De acuerdo? Supongo que eso va a ser lo mejor. Ni a su hermana. Tampoco a ella. Entiendo que Vicente aparecerá antes de la hora de comer. Vamos, estoy segura de que aparecerá mucho antes de la hora de comer. No le ha ocurrido nada grave, verás como tengo razón. Por eso no es aconsejable que nos precipitemos.

Hélène se incorporó y se acercó hasta la ventana. La cerró despacio. Se quedó, durante un instante, mirando a través de los cristales. Apoyó la cabeza en el marco de aluminio y suspiró con efusividad.

—¿Cuándo se irá este calor sofocante…? *Mon dieu!* ¡Mira la hora que es y ya empieza a tostar el sol!

Patricia se mantuvo en silencio mientras reflexionaba. Su mirada se mantenía fija en algún punto invisible para la otra mujer. Pero al momento desvió, con calma, la mirada. Algo se le iluminó, de pronto, en el interior de los ojos. Abrió la boca, y la mantuvo abierta durante algunos segundos antes de hablar.

—¡Ya sé lo que vamos a hacer! ¡Vamos a llamar a Julio! —comentó Patricia mientras hacía el ademán de llevarse una mano hacia la barbilla—. Sí. Seis ojos ven el paisaje mejor que cuatro, ¿no estás de acuerdo conmigo?

Pero Hélène negó con calma. Lanzó un suspiro largo y suave.

—Verás, Patricia… Me gustaría que se enterase de esta cuestión el menor número posible de gente. Esto que ha hecho Vicente es tan… malvado…

—Hélène…, sabes que Julio y Vicente son como hermanos —recordó Patricia—. Los cuatro somos como hermanos, Hélène. Sí. Quizá a Julio se le ocurra algo en lo que no hemos reparado todavía nosotras. Entre los tres podremos indagar, con mayores garantías de acertar, el modo de saber dónde está nuestro chico. Sí, creo que es muy buena idea llamar a Julio. Vamos a ver qué dice.

Y, sin esperar la opinión de la otra, Patricia marcó el número de teléfono de su amigo. Esperó a que este contestara la llamada.

3. Esperanza al trasluz de una ventana

Sonó el timbre una sola vez, pero Patricia dio un soberbio salto y salió corriendo a abrir. Al otro lado de la puerta apareció Julio. Llegaba sofocado. Se mostraba impaciente, nervioso. Después de dar un beso en la mejilla a Patricia, entró a la casa y se dirigió con decisión hacia el salón. Allí esperaba Hélène. La mujer sostenía una taza de manzanilla caliente entre las manos. Bebió un largo sorbo y dirigió una mirada lánguida hacia el recién llegado.

—¿Se sabe algo más? —preguntó Julio mientras tomaba asiento en una de las sillas que rodeaban la mesa del salón. Luego palmeó despacio sobre la mano de Hélène.

Esta le ofreció su teléfono. Lo empujó con los dedos hacia donde él estaba sentado. Julio buscó acomodo en la silla y se dispuso a leer el último mensaje recibido, ese que expresaba aquella risa enigmática y desagradable.

—Es bastante indignante todo esto, sí. Mucho —dijo él empezando a enfadarse más de lo que ya estaba. Apretó los puños—. Joder, no sé... Este no es un comportamiento propio de Vicente —precisó al tiempo que agarraba la mano de Patricia, después de que ella se acercaba, por la espalda, hasta donde él estaba sentado.

—¿Qué hacemos? —interpeló la mujer, todavía de pie, a la espalda de Julio—. ¿Qué se te ocurre que podamos hacer para saber si nuestro querido amigo se encuentra en peligro?

Durante varios segundos se instaló entre los tres amigos un silencio que resultó espeso, tal como se observa dentro del ambiente de una pesadilla, pero una pesadilla muda, perlada de luces y con un chispeo multicolor y constante, brillando con inagotable alternancia.

—¿Habéis vuelto a llamar a Jorge? —quiso saber Julio—. Hay que insistir hasta que despierte. ¡Llamad hasta que conteste, por favor!

—¡Puede que no abra los ojos hasta la hora de comer! ¡Y ahora son solo las…! —Hélène fue a comprobar la hora llevando su mirada hacia la pantalla de su teléfono—. ¡Las nueve! ¡Son solo las nueve de la mañana!

Patricia afirmó despacio. De repente, Hélène se atrevió a expresar un sincero comentario.

—Hoy es sábado y a estas horas, claro… Si estuvieron de jarana anoche… Pero tienes razón, seguiremos llamando. Lo raro es que Vicente, que tiene encendido su teléfono, no conteste… Le llamo y le llamo, y nada de nada. ¿Qué hace, lo mira y deja que suene?

Patricia y Julio asintieron con el gesto torcido. La desgana del movimiento que realizaban los mantuvo con la cabeza atenta en algún lugar imposible de localizar por alguien que no fuera ellos mismos.

—Hélène —dijo Julio, reaccionando de pronto—, llama también a Vicente, por favor. Insiste. Creo que no deberíamos dejar de llamar a ninguno de los dos, hasta que alguno de los dos dé señales de vida.

Patricia cruzó los dedos índice y anular de una mano y los llevó, entrelazados, hasta el centro de sus labios. Besó esos dedos en silencio. Sus labios temblaban como solo puede hacerlo una superficie impregnada en gelatina. Terremoto inesperado.

—Patricia… —dijo de pronto Julio fijando su atención en los ojos de esta—. Conviene que nos calmemos, creo que eso es lo más no conviene a todos. —Y seguidamente después llevó su mirada hacia arriba, hacia el taconeo insistente que llegaba desde el techo—. ¡Joder, el tío o la tía de arriba no para de andar! ¡Esto lo hace todos los días? ¡Vaya matraca!

Hélène afirmó en silencio. Después soltó un suspiro denso, desesperado.

—¡Nos tiene hartos! Así está a todas horas. ¡Va para allá, viene hacia aquí! ¡Vuelve hacia allá…! Supongo que entrena para correr la maratón. Pero podría hacerlo descalzo —sugirió—. Vicente ha subido muchas veces para quejarse, aunque mira el caso que le hace…

La mujer, reconfortada porque iba recobrando un poco el ánimo, marcó la tecla correspondiente en su teléfono para llevar a cabo otra llamada. Activó el altavoz y depositó el aparato en la mesa. Durante varios segundos los tres estuvieron atentos al sonido del timbre de llamada. Este se reproducía con insistencia, hasta que Hélène, después de escuchar la grabación del contestador donde se reproducía la voz de Vicente, cortó la comunicación.

—¿Dónde narices se habrá metido este hombre? —indicó Julio, levantándose para acercarse hasta el amplio haz de luz que entraba a través de la ventana del salón—. Vuelve a llamar, por favor. Voy a dejarle un mensaje. ¿Hélène, por qué tienes la ventana cerrada?

La mujer observó el continuo cabeceo de Julio. Vio cómo bajaba la mirada hacia el suelo y, debido a esto, entendió que él también estaba preocupado por la situación.

—La he cerrado porque entra ya mucho calor desde la calle —explicó la mujer con un tono de voz neutro, pacífico, buscando así rebajar la tensión que se había instalado entre los tres amigos.

Apretó otra vez la tecla en su teléfono y el timbre de llamada volvió a reproducirse. Cuando el anuncio de la locución en el contestador calló, Julio se acercó hasta donde estaba el teléfono y empezó a decir con la voz alterada e indispuesta:

—Escucha, Vicente... Verás... Esto no tiene ninguna gracia, ¿lo entiendes...? ¿Dónde te has metido? Dinos qué haces, dónde estás. ¿Os cogisteis anoche, Jorge y tú, una melopea de aúpa, y estás ahora durmiendo en su casa? ¿Sí, eso es lo que ocurre? ¿Estáis durmiendo los dos la mona? ¿Juntos? Contesta, por favor. ¿Por qué no contestas ninguna de las llamadas y ninguno de los mensajes que te hemos enviado Hélène, Patricia y yo? Nos tienes a todos muy preocupados, Vicente. ¿Por qué has mandado ese mensaje tan inoportuno y desagradable a las siete de la mañana con el ja, ja, ja? Dime. ¿Te has vuelto loco? ¡Ponte en contacto con nosotros cuanto antes, por favor! ¡Vuelvo a repetirte que esto no tiene ninguna gracia!

De pronto, la comunicación finalizó. Se estableció el silencio, roto únicamente por el ir y venir del taconeo en el piso de arriba.

Julio negó repetidas veces. Patricia elevó la mirada y suspiró con soltura y desesperación. Estiró sus brazos y soltó un bostezo que se vio interrumpido por un quejido leve.

—Nada de esto es normal, claro que no. *Bonjour tristesse!*, como se titula aquella novela que me recomendó Vicente —soltó Hélène mientras se tapaba la cara con las manos y empezaba a sollozar—. ¡Qué novela más... inquietante, por su placidez, por su espesa inacción...! ¿Vosotros la habéis leído?

Por un momento, el silencio se mantuvo como única respuesta a la inoportuna pregunta realizada por la mujer.

—Está bien —dijo enseguida Patricia—. Creo que deberíamos pensar en lo que vamos a hacer a partir de ahora, porque está muy claro que algo tenemos que hacer, digo yo que sí. Lo que sea. Aunque lo que hagamos consista en mirar debajo de las piedras. ¿A vosotros se os ocurre algo? A mí no se me ocurre nada de nada. *Nacin*. ¿Dónde buscamos a Vicente? ¿Por dónde empezamos?

Hélène expresó una vez más su disgusto y su angustia. Cerró con fuerza los ojos y abortó una bocanada de desesperación que luchaba por aflorar desde su temblorosa boca.

—No lo sé… —fue a sugerir Julio—, quizá nos estemos precipitando un poco.

—Lo siento tanto… —advirtió de pronto Hélène—. Vamos a tener que decirle algo a Victoria... Tenemos que decírselo cuanto antes. Nos está esperando para comer. Y me da la espina, como decís por aquí vosotros, que Vicente va a tardar en aparecer… Aunque no sé…, no sé por qué digo esto… ¿Por qué he dicho que Vicente va a tardar en aparecer…? *Mon dieu! Mon dieu!*

—Aguanta la paciencia un poco más, por favor —sugirió Patricia—. Solo son las nueve y pico de la mañana. No nos precipitemos todavía. Todavía no. Además, seguro que Victoria está durmiendo ahora. ¿Para qué quieres despertarla…?

Hélène se incorporó de un salto. Consiguió controlar un repentino ataque de rabia, llevando a cabo el gesto enérgico de atusar su alborotado pelo con el peine de sus dedos delgados.

—¿Que no nos precipitemos todavía? —preguntó después y empezó a caminar con rapidez a lo largo del salón—. *Merde!* Vicente lleva desaparecido… —se dispuso a contar con de los dedos de una mano—. ¡Más de trece horas! ¡No sé nada de él desde que salió de casa ayer a las ocho menos cuarto de la tarde! —Y más tarde lanzó un grito enrabietado hacia el piso de arriba—. ¡Hostias, para ya, tío asqueroso! ¡Paaara! —Pero, viendo que los ruidos no cesaban, volvió a tomar asiento, dejándose caer en la silla—. Voy a llamar otra vez… a Jorge —murmuró—. Sí. Eso es lo que voy a hacer. ¡Voy a llamarlo una vez más y todas las veces que haga falta! *Mon dieu!* ¡Y quiero que ahora contestes mi llamada, Jorge! ¡Me oyes, me estás oyendo!

La mujer pulsó la correspondiente tecla en su teléfono. Dejó que el timbre de llamada sonara. Al rato, apoyó el teléfono en su pecho.

—¡Nada! ¡Sigue desconectado! *Oh là là!*

Patricia, reaccionando de un modo enérgico, lanzó una ágil mirada hacia sus dos amigos. Encogió el gesto de su cara entre un espasmo desesperado, ansioso, plagado de mal agüero. Al poco, reaccionó.

—¿Por qué no nos acercamos a su casa? Me refiero a la casa de Jorge. Lo despertamos, hablamos con él cara a cara y seguro que a partir de ahí se acabará todo este macabro y desagradable asunto. Es muy posible que Jorge sea capaz de darnos la necesaria explicación a toda esta locura. Por otro lado, puede que Vicente se encuentre allí. Jorge no vive lejos de aquí. Venga, vamos. Así, además, tomamos un poco el aire.

Pero, Julio, como si de repente sintiera que algo importante y realmente revelador estuviera tomando forma en el interior de su agitada cabeza, abrió con exageración los ojos. Chascó con efusividad los dedos.

—¡Cómo no se me ha ocurrido antes! —gritó—. ¿El teléfono de Vicente está encendido, no es así? ¡Está encendido! ¡Pues, creo que podemos saber dónde se encuentra!

Tras decir esto se acercó hasta donde estaba Hélène. La agarró con decisión por las muñecas.

—¡Por favor, llévame hasta donde está su ordenador! —inquirió él, alterado—. Creo recordar que Vicente me dijo en una ocasión que tiene vinculado su teléfono con el ordenador. Me explicó cómo funciona esta mandanga, aunque reconozco que no le presté mucha atención. Vamos a averiguar si lo que digo es verdad, y si es tan fácil de poner ese programa de localización en marcha, como creo recordar que él me explicó.

Patricia y Julio siguieron los pasos de Hélène, que se dirigió con velocidad hasta donde estaba el despacho de Vicente.

—¿Sabes su contraseña? —preguntó Julio después de encender el ordenador.

—Que yo sepa, no tiene contraseña —advirtió Hélène.

—Entonces, veamos —Y Julio se dispuso a teclear deprisa. Apareció de inmediato el buscador de Google—. ¿Sabe alguien lo que hay que hacer ahora? ¿Qué debo escribir?

Las dos chicas negaron a un tiempo.

—Buscad, por favor, en vuestros teléfonos, cuál es el programa donde se vincula un teléfono a...

Pero Julio, sin esperar la posible respuesta de alguna de las dos mujeres, empezó a teclear con ligereza.

—Se me ocurre hacer esto… A ver, a ver… Pues, mira por dónde…

Al cabo de un rato, en la pantalla se ofreció un mapa donde aparecía uno de los barrios de la ciudad de Madrid. Se destacaba claramente una localización con un punto amarillo e intermitente. Dicha señal no se desplazaba, sino que permanecía quieta en el mismo sitio del mapa.

—¡Ahí está! ¡Ahí está! ¿Lo veis bien? ¡Ya tenemos localizado, al menos, su teléfono! ¡Maravilloso, aparece la primera pista, señoras! —precisó Julio señalando la pantalla con la yema de su dedo índice—. Patricia, anota esa dirección, por favor. ¡Vamos corriendo hacia allí! ¡No está lejos! ¡Está a tres o cuatro paradas de metro!

Patricia y Hélène atravesaron a la carrera la puerta del despacho de Vicente. Ambas se dirigieron con velocidad, y sorprendente agilidad, hacia la salida de la casa. Julio cerró el ordenador portátil, guardó el cable en el bolsillo de su pantalón y siguió a las dos chicas.

El último en salir, Julio, cerró dando un rotundo y sonoro portazo.

4. Espinas que cristalizan en gotas de sal

El vagón de metro se encontraba vacío, pues era sábado y a primera hora de la mañana, por lo que Hélène, Patricia y Julio no tuvieron problema alguno para elegir los asientos donde instalarse mientras duraba el viaje. Patricia llevó con energía una mano a su cuello. Lo tapó como pudo con la superficie de la palma abierta. Hacía frío dentro del vagón de metro.

—Si llego a recordar esto, me hubiera traído una buena bufanda de casa —protestó—. ¡Menuda gente! En invierno aquí te asas de calor. Y, en verano, te hielas de frío, como ocurre ahora. ¿Es que no pueden ambientar estos lugares con una temperatura más adecuada?

—Patricia, tranquilízate, te lo pido por favor —pidió Julio mientras acariciaba con suavidad la rodilla de su amiga.

—¿Dónde tiene la cabeza esta gente? ¿En qué piensan quienes controlan todas estas cosas de la temperatura en los transportes públicos? —preguntó Patricia con aparente disgusto—. Claro que, es seguro que quienes programan la temperatura de los transportes públicos, jamás viajan en ellos y no sufren su temperatura. ¡Coño! ¿Sabéis lo que me dijo el conductor del autobús en el que fui hace unos días a La Pedriza, cuando le dije que subiera un poco la temperatura porque los viajeros estábamos congelándonos? ¡Me dijo, el muy capullo, que todo eso ya viene estipulado de antemano y que lo tienen muy pensado los que mandan, y que la temperatura está programada para el viaje y que él no podía hacer nada de nada, pero añadió que sí lo sentía mucho! ¡Una asquerosa mentira, claro! ¡Pues, estupendo, a congelarse todos!, le dije. ¡Hale! Quizá por eso el muy imbécil llevaba una chaqueta de paño grueso…

Julio miró a Patricia y le ofreció una sonrisa breve, encogida por el temor a lo incierto del camino que les quedaba por recorrer todavía, pues era muy consciente de que no habían hecho nada más que empezar a dar los primeros pasos para culminar la complicada tarea de encontrar a su amigo.

—¿Patricia, con quién has dejado a Leika? —preguntó Julio pretendiendo cambiar así el rumbo plagado de agresividad hacia el que había derivado la conversación de Patricia—. ¿Quién va a sacarla a orinar?

—Pues… No lo sé, esta es la verdad —dijo ella, sorprendida por la evidente realidad—. He salido de casa sin pensar en nada más que reunirme con Hélène. Me he lanzado a la calle como el disparo de una escopeta. Ahora me doy cuenta de eso… Veremos cómo resuelvo este asunto. A ver qué ocurre, primero, con todo esto de Vicente. Bastante liada tengo la cabeza como para ponerme a pensar en quién va a sacar a la perra. Además, supongo que se habrá orinado ya en casa. Qué le vamos a hacer. Pobre. Lo estará pasando mal. Pero la culpa es solo mía, por no ser previsora.

—¿Quieres que le pida a Alberto que vaya a tu casa y eche una ojeada? Él sabe dónde guardo la copia de tus llaves.

—Luego hablaremos de eso, Julio. Gracias de todos modos. Vamos a esperar, a ver qué ocurre. No asustemos a más gente, pues ya con nosotros tres al borde del ataque de nervios hay más que de sobra.

—Verás, el caso es que... Antes de salir de casa le conté a Alberto lo que ocurre con Vicente. Tuve que hacerlo porque se extrañó que saliera tan pronto... De modo que si quieres que le diga...

—Déjalo, Julio, no insistas —concluyó Patricia a modo de sentencia y dirigió su mirada hacia el frente, allí donde la oscuridad del túnel se ofrecía tras el cristal limpio del vagón de metro.

El metro avanzaba sin brusquedad. Sonaba el run-run manso de su avance a lo largo de las vías. Lombriz de largo recorrido que se sabe incansable y pacífica.

—¿Julio, tú crees realmente que...? —fue a insinuar Hélène mientras escondía sus manos entre las rodillas. Dejó que el sonido de su pregunta se perdiera entre el manso murmullo que producía el metro en su avance—. ¿Crees que a Vicente le ha podido ocurrir algo... serio? Yo estoy bastante preocupada, muy preocupada, porque nada de esto es normal en él. ¿Por qué no contesta las llamadas de teléfono?

Julio cabeceó despacio, demostrando con ese gesto que estaba cruelmente dominado por una más que evidente inseguridad, y fue a dar una respuesta negativa y afirmativa al mismo tiempo. Respondió con la ambigüedad que provoca todo lo indeciso e inesperado que le bullía por dentro.

—Julio... —balbuceó Hélène.

—Imagino que no. Vicente es muy listo. Y sabe cuidarse bien. Si de algo estoy seguro es de que Vicente no está en peligro.

—¿Y por qué no da señales de vida? ¿Se ha vuelto loco, de repente?

—Eso sí que es un misterio. Sí que es muy raro su comportamiento, sí. Que no sepamos nada de él, a estas alturas, es bastante sospechoso. Mucho. Pero no debemos exagerar con nuestras apresuradas conclusiones.

Mientras se anunciaba por la megafonía del vagón el nombre de la parada a la que estaban llegando, Patricia se incorporó con efusividad. Se acercó a las puertas, que se mantuvieron cerradas, puesto que a través de ellas nadie entró ni salió. La mujer dirigió una mirada furtiva hacia el andén vacío. Cuando el metro retomó la marcha, volvió a sentarse al lado de Julio.

—¿Alguien ha pensado qué vamos a hacer cuando lleguemos a ese sitio? —preguntó Hélène, preocupada, mientras subía y bajaba la mano que mantenía agarrada a la barra que había junto a su asiento—. ¿Qué vamos a hacer una vez que estemos allí delante de…? Decidme.

Julio observó con atención a Hélène. Vio que ella ahora apretaba sus manos con fuerza y escondía la mirada dentro de aquellas. Refugio apacible donde la oscuridad seguramente permanece mansa y relaja con la paciencia más adecuada y oportuna.

—Yo no lo sé. No tengo ni la menor idea —se anticipó a contestar Patricia.

—Pues deberíamos pensar en esto —insistió Hélène—. Repito: nos plantamos delante de la puerta de ese sitio y qué hacemos.

—La verdad es que yo tampoco sé cómo vamos a actuar —dijo Julio—, pero considero que no deberíamos anticiparnos a nada. Sabremos lo que debemos hacer cuando estemos allí, con los pies en el suelo. Sugiero que no adelantemos los pasos, no vaya a ocurrir que tropecemos —precisó después Julio—. Es todo lo que se me ocurre decir, por ahora. Supongo que entraremos ahí, si es que ese lugar está abierto a estas horas, pero repito que no sé lo que haremos… Todo se irá resolviendo sobre la marcha, chicas. Tranquilas, tranquilas, por favor.

—¿Qué tipo de local creéis que es ese…? —preguntó Hélène, fijando su atención en la pantalla del ordenador que Julio llevaba encendido sobre las piernas—. Eso no parece un restaurante. O sí. De todos modos, no tiene mala pinta —dijo y carraspeó con sobrada energía—. ¿Eso…? Es que no se ve nada bien la foto. ¿Ahí pone… pub… no sé qué? ¿Qué pone ahí? ¿Pero en el texto que se anuncia debajo de la foto no hablan de comida? ¿Entonces…? No sé si ese local parece un restaurante. ¿Vosotros que pensáis de ese lugar?

—No tengo la menor idea de lo que pueda ser eso —contestó Patricia al tiempo que volvía a levantarse para colocarse delante de Julio.

—Repito mi consejo de que aguantemos lo mejor que podamos nuestros nervios hasta llegar allí —volvió a proponer él—. A su debido momento iremos viendo cómo nos movemos. Por ahora, busquemos cómo distraernos, por favor. No nos dejemos llevar por lo extraordinario de esta situación. Pensemos que se trata de una aventura, sin más.

—Sí, una aventura. Ojalá esto fuera una aventura de las buenas. Una aventura de esas que se ven desde casa y no encierra peligros reales.

—¿Creéis que ese sitio estará abierto a estas horas? —fue a soltar Hélène—. Si no es un restaurante, no creo que esté abierto. Y, si es un restaurante normal, supongo que tampoco. ¿Un pub? Menos aún. De todos modos, ahora es pronto para dar comidas. Aunque toda esa zona está plagada siempre de turistas, y los turistas comen muy temprano. No lo sé. ¿Cuando lleguemos allí, entramos o esperamos a que salga Vicente, si es que Vicente se encuentra ahí dentro…?

—Repito que deberíamos buscar el modo de...

Por megafonía se anunció el nombre de la parada a la que llegaban. El metro fue frenando, despacio. Hasta que, enseguida, paró suavemente en la estación. Las puertas no se abrieron, ya que nadie iba a entrar o a salir del vagón. Un instante después, el tren se puso otra vez en marcha.

—¿Ese programa que da la señal de localización del teléfono, no se confunde nunca, Julio? ¡Lo digo porque no creo que Vicente esté durmiendo ahí, en un restaurante! ¿Qué hace nuestro Vicente durmiendo en un restaurante? ¿O en un pub, si es que eso es un pub? ¿Además, los restaurantes o los pubs tienes habitaciones donde se pueda dormir? No sé… ¡De ninguna de las maneras Vicente puede estar ahí dentro! Di, ¿ese programa no falla nunca, Julio?

—Pues, la verdad es que no tengo la menor idea, Hélène —respondió él—. Por ahora vamos a confiar en que este programa nos esté diciendo la verdad de dónde se encuentra nuestro amigo. O, al menos, su teléfono.

Hélène forzó una mueca de arrepentimiento. Sus ojos pestañearon con celeridad, su cara se dispuso a descender con aplomo hacia el inicio de su pecho, donde quizá pretendía esconderse para formar una exclusiva cueva, propia e íntima.

—Quizá debiera contaros algo antes de llegar a ese lugar —anunció Hélène con nerviosa inquietud, mientras iba bajando la mirada hacia el suelo brillante del vagón de metro—. La verdad es que antes, en mi casa, no te dije toda la verdad, Patricia. Vicente y yo sí tuvimos una discusión seria el otro día…

—¡Cómo me imaginaba algo así! —protestó ella elevando los brazos—. ¡Quizá, si nos cuentas todo lo que sabes, podamos encontrar una respuesta correcta al comportamiento de Vicente! ¡Digo yo que las cosas se hacen de este modo!

—¡Tampoco hagas esos gestos tan tremendos, chica! —refunfuñó Hélène—. ¡Y no exageres lo que he dicho! ¡Puede que me haya expresado mal! ¡No ocurrió nada grave entre nosotros! Discutimos por discrepancias en nuestra función de teatro. Exactamente por la grabación del audio.

Tenemos puntos encontrados con la grabación de ese audio... Y, bueno, nos enfadamos bastante. Pero de ahí no pasó la cosa. He dicho lo que he dicho hace un momento por no dejar nada en el olvido. Nada más que por si acaso. ¡No creo que Vicente haya desaparecido porque no esté de acuerdo con lo que le dije del audio de nuestra obra de teatro! ¡Yo quiero que se grabe mi voz y él propone, bueno, creo que exige que se grabe una voz masculina! Claro que para eso él es el director y supongo que debería tener la última palabra... Él dice que dirigimos los dos a un tiempo, pero yo no quiero dirigir nada. De modo que toda esta discusión ha perdido ya su sentido. No sé si me explico. Esto me gustaría decírselo a Vicente, ahora... —Y Hélène comenzó a ofrecer un sollozo que corría el peligro de desembocar en un llanto desesperado, si no ponía remedio con urgencia. Soltó un rabioso grito que asustó a sus dos amigos.

Julio apartó el ordenador y se incorporó para dar un abrazo rápido y tranquilizador a Hélène. La besó en el carrillo.

—Verás como dentro de poco nos reímos de todo lo que está ocurriendo ahora. Vicente está fuera de peligro, estoy seguro de ello. —Y tras decir esto agarró la cara de la mujer con sus dos manos y la miró con determinación a los ojos—. Piensa en positivo y no te dejes llevar por el pánico, Hélène. Por favor, hazme caso. Lucha para que los nervios no te empujen hacia la desesperación.

Patricia se decidió a avanzar y acarició la nuca de la otra mujer. Luego dirigió una mirada furtiva hacia Julio y ambos intercambiaron un gesto de complicidad, buscando así, entre los dos, tranquilizar la angustia de Hélène. Al cabo del rato, Julio quiso romper la incómoda tensión que vibraba entre los tres y lanzó a propósito un comentario inocente.

—¿Para cuándo será el estreno de vuestra obra? —aunque continuó hablando sin esperar la oportuna respuesta—. ¡Como no se os ocurra invitarme para el estreno, os mato! ¡A los dos!

Hélène no pudo reprimir una ligera y breve carcajada.

—¿Cómo no vamos a avisarte para que vayas al estreno de nuestra obra, Julio? Tú eres nuestro principal crítico —añadió Hélène—. Además, queremos que asistáis, vosotros dos, a alguno de los últimos ensayos, para conocer vuestra opinión. Andamos muy perdidos. Y necesitamos que alguien nos diga si vamos por el camino correcto. —Después cabeceó, preocupada—. Pero no sé cuándo ocurrirá nada de esto. Porque esa es otra cuestión para debatir. Vicente quiere estrenar ya. Y yo no estoy preparada todavía. Lo sé. Necesito más tiempo. La que salgo a escena soy yo. Parece que a nuestro amigo, a veces, se le olvida este curioso detalle.

Julio apagó el ordenador.

—Nuestra parada es la próxima, chicas —anunció removiendo los brazos—. ¿Preparadas? —Julio se reajustó en el asiento. Cerró el ordenador portátil.

—La verdad es que no sé si estoy preparada para lo que me pueda encontrar… —reveló Hélène—. De todos modos, espero que no me entren ganas de matar a Vicente, nuestro Vicente, cuando lo tenga delante de las narices. No sé, lo veremos, todo esto ya lo veremos a su debido tiempo, como tú dices, Julio.

El silbido manso y constante del metro continuaba marcando su incansable rumbo a través del oscuro túnel.

—¿Pensáis que podemos enfrentarnos con algo… desagradable? —soltó Patricia con el gesto desbordado por una repentina preocupación.

—No nos queda ya mucho para averiguarlo, Patricia. Ya no nos queda mucho —precisó Julio—. Venga, vamos a levantarnos. Estamos llegando a la parada.

En ese momento se anunció desde la megafonía del vagón el nombre de la siguiente estación. Cuando el tren se dispuso a frenar, despacio, y finalmente paró, Patricia pulsó el botón de la puerta que ofrecía una luz verde e intermitente. Las puertas del vagón se abrieron en silencio. Los tres amigos invadieron con cautela el espacio de la estación.

5. Rincón siniestro donde, a menudo, van a esconderse blandas cucarachas

—Nada. Sigue sin contestar. Pero su teléfono suena y suena y suena... —advirtió Hélène, claramente contrariada.

A la salida del metro, los tres amigos buscaron con la mirada. Comprobaron, desde el centro de la plaza, la abundante maraña de calles que desembocaban allí mismo. Unas calles venían mansas, en horizontal. Otras, bajaban o subían dibujando sorprendentes cabriolas, como los distintos caminos que se abren desde un valle hacia las montañas que lo rodean. El ambiente todavía se ofrecía como si estuviera adormilado, en exceso tranquilo, aunque el ruido que provocaba la gente, al empezar a moverse ya con cierto ímpetu y alegría, se iba haciendo notar cada vez más. El día era caluroso, aunque una breve brisa acomodaba el exceso de temperatura y lo rebajaba un poco. De cualquier manera, se empezaba a apreciar el sudor en la superficie de la piel. Julio, después de fijar su atención en la pantalla del ordenador portátil, señaló en una dirección, hacia una de las calles que ascendía precisamente desde la plaza donde ellos se encontraban. Después, cerró el ordenador y lo colocó debajo de su brazo. Los tres iniciaron la marcha hacia el lugar indicado. Nada más que abordaron la entrada a la calle, se toparon a la derecha con la puerta del primer local. La fachada sugería desconfianza, y un desagradable aliento de ponzoña y de pecado se adivina en su interior. Sumidero de oscuridad a través de la puerta semiabierta, desde donde un olor a cueva rancia salía a borbotones hacia la calle.

—Observad a ese tipo, miradlo bien. El que está a la puerta del primer garito —indicó Julio y señaló hacia el hombre con la punta de la barbilla—. ¡Da miedo el simple hecho de mirarle! ¡Joder! Por esta zona habrá que andarse con mucho cuidado a partir de ahora.

—Pues esta es una zona muy transitada por los turistas. Y se supone que es tranquila —precisó Hélène—. La calle, por lo que se puede ver a simple vista, no tienen mala pinta, eso no.

—Bien, fíjate en las cicatrices que tiene en la cara —insistió Julio—. Anda, crucemos. No me apetece pasar delante de él.

—Tienes razón, Julio. Yo me cruzo con ese tipo por la calle en plena noche y me da un pasmo —informó Patricia.

En efecto, a la vera de la primera puerta de la derecha, la de la boca pestilente del ogro, que permanecía entreabierta, había un hombre musculoso que llevaba los brazos cruzados. Debido a ese gesto, las bolas de sus bíceps sobresalían con una redondez y un brillo espectacular. Vestía una camiseta ceñida, de tirantes. Varios lamparones lucían como detalle decorativo en el pecho de su camiseta. El hombre se envalentonó y chistó a los tres jóvenes que se cruzaban de acera justo cuando fueron a pasar por delante de él.

—¡Chicos, chicos! —los llamó—. Entrad. Os invitamos a la segunda copa. Animaos, chicos. El ambiente de ahí dentro es perfecto. Encontraréis una maravillosa compañía para los tres —dijo con un tonillo especialmente musical en su voz.

—¿Dice usted que nos invita a la segunda copa? —preguntó Patricia alejándose un poco más del hombre—. ¿A estas horas? ¡Ni loca, vamos!

—¿Ofrecen copas a las diez y media de la mañana? *Mon dieu!*

Los tres amigos siguieron ascendiendo a lo largo de la calle. Iban despacio, pues los nervios que llevabán enredados entre los músculos de las piernas les provocaban una torpeza descomunal.

—Ahí está el lugar que buscamos —dijo Julio parando a varios metros de distancia del lugar que señalaba con un dedo—. Ese es el número —dijo y cruzó la calle, para comprobar desde la acera de enfrente lo que estaba indicando—. Venid. Ese es, sí. ¿Lo veis? Cruzad hasta donde yo estoy.

—¿El de la puerta verde? ¿Seguro?

—No, ese no. Un poco más arriba. Dos portales más arriba. ¿No has visto las fotos que os he enseñado en el metro? La puerta de cristal, la ventanita.

—Lo siento. No me acuerdo de nada de lo que ha ocurrido desde que salí esta mañana de casa. ¡Tengo la cabeza hinchada de cosas terribles y me cuesta pensar... *Monsieur, Monsieur!* ¡Qué hostias! ¿Seguro que el sitio es ese? ¿Y..., si ese es el sitio que se indica en la localización del ordenador, qué narices hace Vicente ahí?

Julio abrió su ordenador y lo colocó encima de la palma de una de sus manos. Con la otra buscó en la pantalla.

—Vamos —dijo Julio avanzando un paso.

—¿Dónde vas? ¡Quedémonos aquí, por favor! —Propuso Hélène—. Solo un rato más... —pidió después—. Vamos a mantenernos a esta distancia, hasta que decidamos lo que vamos a hacer. Desde aquí vemos perfectamente la puerta, y podemos vigilar si alguien entra o sale. No me apetece encontrarme con nada desagradable, todavía.

—Yo estoy de acuerdo con lo que dice Hélène —indicó Patricia.

—De acuerdo, de acuerdo... Esperaremos un poco más para acercarnos —aceptó Julio. Luego echó un vistazo a la indicación que palpitaba en la pantalla del ordenador, y que ahora sujetaba con sus dos manos.

—Visto desde esta distancia, ese lugar no tiene nada de sospechoso. No es como el local por el que hemos pasado hace un momento. Ni como esos otros dos —dijo y señaló hacia varios de los locales que había a lo largo de la calle—. Esos dos, por ejemplo, sí que tienen pinta de esconder en su interior unos antros de cuidado. No quiero imaginar la gente que habrá allí dentro. Buah. Pero el lugar que indica la señal donde está el teléfono de Vicente tiene una apariencia normal, así a primera vista. El color de la fachada no resulta desagradable. Lo malo es que los cristales de la ventana y de la puerta son opacos. Desde aquí, desde la calle, no se puede ver lo que hay en el interior. ¿Nos acercamos, de todos modos, un poco más a mirar? Solo para mirar desde la calle.

—Que no. He dicho que esperes un momento a que esté más preparada para encontrarnos con lo que quiera que haya en el otro lado de esa puerta —explicó Hélène.

Una rata curiosa, al ir a cruzar por delante de donde estaban los tres amigos, presa de un ataque de orgullo, paró y se plantó sobre sus patas traseras para observar con detenimiento a aquellos tres desconocidos. Se atrevió a amenazarlos abriendo mucho la boca y emitiendo un sonido hostil.

—¡Qué asco! —soltó julio mientras hacía aspavientos desde la distancia para asustar a la rata.

Pero esta fue a soltar otro bufido y con ello obligó a los tres amigos a dar un paso atrás. Enseguida, y claramente satisfecha por su victoria, la rata atusó debidamente sus bigotes y se alejó de allí con la calma de quien se sabe vencedor de un peligroso reto provocado a conciencia.

—¿Os habéis fijado? ¡Tenía casi el tamaño de un gato! —soltó Hélène alejándose hacia donde estaba lo más alto de la calle, justo en el sentido contrario al que había tomado la rata.

Julio se adelantó y agarró por el brazo a la mujer. Le acarició el hombro.

—¿Llamamos por teléfono para averiguar si está abierto? —Se le ocurrió decir a Patricia—. Si está abierto, preguntamos por Vicente, a ver si así sacamos algo en claro. Seguro que el teléfono de ese sitio viene en internet. ¿Por qué no lo buscas, Julio? Yo tengo ahora los dedos incapaces de teclear con acierto.

—¿Crees que esa es buena idea? —Quiso saber Hélène—. ¿Y si contestan, qué decimos?

—Pues lo que acabo de comentar. Preguntamos por Vicente. Punto.

—Ya. Y esperas que nos digan algo.

—¿Y por qué no van a decirnos algo?

—No creo que estén dispuestos a hablar de los clientes que hay en el interior de ese sitio.

—¿Qué propones, entonces? —protestó Patricia—. No quieres acercarte a la puerta, no quieres llamar por teléfono… ¿Qué quieres que hagamos? Di. ¿Nos quedamos aquí de pie hasta que a Vicente le dé por salir a la calle…?

Hélène carraspeó con desgana.

—Por ahora solo quiero que nos quedemos como tres… *épouvantail*, aquí en la calle. Solo eso. Solo durante un rato más, por favor. Perdonad, no recuerdo ahora cómo se dice eso en español... Es lo que ahuyenta a los pájaros. *Épouvantail.*

—¿Espantapájaros?

—Eso mismo. Sí, eso mismo. Propongo que nos plantemos aquí, en la calle, como tres espantapájaros. Al menos por el momento.

—Sí, como tres espantapájaros, claro —soltó Patricia con indudable ironía—. Como tres... espantapájaros. Pues deberíamos tener cuidado, no vaya a ocurrir que nos prendan fuego.

—Dejadlo ya, por favor —interrumpió Julio mientras señalaba otra vez hacia el punto intermitente e inmóvil que aparecía en la pantalla del ordenador—. De cualquier manera... El teléfono de Vicente está exactamente en algún lugar que hay entre ese local y el siguiente, que tiene el mismo número y que, se supone, es un portal donde hay viviendas. ¿Lo veis? Aquí se indica claramente. No cabe duda de que Vicente está... por ahí dentro. O, insisto, al menos está su teléfono.

—De acuerdo —concedió Hélène—. Llamamos, como dice Patricia. Pero algo tenemos que inventar para que accedan a darnos cualquier información. ¿Decimos que se nos ha perdido un amigo y que queremos saber si está por allí dentro? ¿Les pedimos que lo llamen para que salga? Creo que eso no nos va a funcionar.

—Pues a mí me parece bien, sí, decimos lo que acabas de comentar tú ahora. Está bien. ¿Qué otra cosa podemos decir? No se me ocurre nada mejor. Preguntamos si hay alguien durmiendo por allí dentro. O de juerga, yo qué sé. Explicamos que estamos buscando a nuestro amigo para... irnos de viaje, por ejemplo, sí, creo que esa es una buena excusa, pedimos que, si nuestro amigo está ahí dentro, pues que se ponga al teléfono. Vamos a perder el avión por su culpa —fue explicando Patricia.

—*Oh là là!* No es mala idea esa, no. ¡Venga, sí, llama! ¡Julio, llama!

—Sí. Habla tú, Julio. Haznos este favor. Yo estoy excesivamente nerviosa como para ponerme a hablar por teléfono. Y, Hélène, no digamos.

—De acuerdo. Pero, tranquilizaos las dos, os lo pido por favor. ¿Por qué nos asustamos? No debemos temer nada, puesto que no estamos haciendo nada que resulte peligroso ni delictivo. Estamos en la calle, que es un lugar público, y vamos a llamar por teléfono a un sitio para preguntar por nuestro amigo. Muy bien. Permitidme que tome aire antes de llamar.

—Tienes razón, Julio. Será mejor que nos tranquilicemos los tres un poco —aconsejó Patricia, agitando su cabeza para desperezarla de la angustia que la atormentaba—. ¡Venga, llama! ¿Has entrado el número de teléfono?

—Aun no, estoy en ello —respondió él—. A ver si mi teléfono encuentra esta dirección. No quiero cerrar la página en el ordenador de Vicente, para no perder la señal con su localización.

—¿Sabes una cosa, Patricia? —dijo Hélène adelantándose hacia la otra mujer—. Ahora me arrepiento de no haberme cortado el pelo como lo llevas tú. Esta melena me produce un calor insoportable. Y, me dice el instinto, que hoy va a ser un día de aúpa como para empezar a sudar tan pronto. *Mon dieu*!

Julio prosiguió en su intento de buscar el número del teléfono del local en cuestión.

—No quiero ser pesada, pero… A mí me cuesta creer que Vicente esté ahí dentro —comentó Hélène con evidente seguridad en lo que decía—. Si eso es lo que creo que es, sería la primera vez que él visita un lugar como ese. Apuesto a que no es un simple restaurante. Ahí se anuncia con claridad. Eso es un pub. E imagino que es un pub… raro, vamos, quiero decir que no se tratará de lo que conocemos habitualmente nosotros como un pub donde una entra a tomar una simple cerveza o un cubata. ¿Os parece a vosotros que me confundo?

—A ver, la foto que se muestra en internet no coincide con la que tenemos ahora delante… —insinuó Julio mientras seguía buscando en la pantalla de su teléfono—. Aunque en esa puerta también aparece la palabra pub y el nombre del local es el mismo…

Patricia fue a apoyarse en la pared del edificio que estaba a la espalda de los tres amigos de Vicente.

—¡Tengo ya destrozadas las lumbares, chicos! ¡Vamos a ver cómo termino el día de hoy!

Julio insistía en dar con el número de teléfono del local. Refunfuñaba porque estaba tardando en encontrarlo.

—Cualquiera sabe lo que a uno se le puede pasar por la cabeza en un momento dado. Me refiero a lo que has dicho a que esta sería la primera vez que Vicente entrara en un lugar como ese. Quizá debido a vuestra discusión del otro día… Hay situaciones extraordinarias que te empujan a veces a hacer cosas inesperadas…

—Que no insistas en ir por ahí, Patricia. Te lo advertí antes. Y he dicho lo que he dicho de que me extraña mucho que Vicente haya entrado ahí porque sé perfectamente lo que piensa de los lugares como esos. Él no entraría por decisión propia en un local como ese. Me sorprende que tú no pienses lo mismo.

—¿Y si le engatusó Jorge? A Jorge no le conocemos mucho, no tanto como a Vicente. Quizá a él sí que le guste ese tipo de lugares y…

—Jorge tiene el teléfono apagado. Todavía no podemos saber qué ocurrió en realidad, Patricia.

—Bueno, quizá estén durmiendo la melopea en una habitación dentro de ese edificio y Jorge haya decidido apagar su teléfono para que no le molesten —sugirió esta última.

—¿Y Vicente ha olvidado de apagar el suyo? ¿Y envía un mensaje a las siete de la mañana, cachondeándose de mí?

—No sé qué puedo decirte, Hélène. La verdad es que no lo sé.

—¿Y lee los mensajes, pero no los contesta? ¿Tampoco responde a las llamadas? ¿Eso quiere decir que se dedica a mirar la pantalla de su teléfono mientras este suena y suena y suena?

—Que no lo sé, chica, te lo repito. La verdad es que no lo sé...

—Dejad de discutir, os lo pido por favor.

—Tienes razón, Julio. Perdona.

—Estás perdonada, no te preocupes. Vamos a ver si lo que ocurre es que tengo una porquería de teléfono, y claro... No abre la página donde aparece ese sitio...

Julio, un instante después, dio por concluida su búsqueda. Satisfecho, mostró en alto la pantalla de su teléfono para indicar que había conseguido el número para realizar la llamada.

—Antes de llamar a ese sitio, demos otro toque a Jorge, por favor. Solo por si acaso —propuso él.

—Está bien. Llama, Hélène. A ver si ahora te contesta.

Hélène sacó su teléfono del bolsillo trasero de su pantalón corto. Pulsó la tecla para iniciar la llamada. Esperó un momento en silencio. De pronto, abrió mucho los ojos.

—¡Jorge! ¡Coño, Jorge! ¡Menos mal que das señales de vida!

Hélène activó el altavoz, para que Julio y Patricia pudieran escuchar sin problema alguno el desarrollo de la conversación.

—¿Dónde os habéis metido? —preguntó Hélène.

—¿Sí…? Esto… ¿Quién llama…? ¿Quién eres… tú…?

—¡Hélène, soy Hélène! ¡Joder! ¡Quién voy a ser!

—¡Y yo soy Julio! ¡Hola, Jorge…! ¿Te acuerdas de mí? ¿Estás con Vicente? ¡Dinos si estás ahora con Vicente!

—¿Pero qué cojones… os ocurre? ¿Por qué estáis los dos tan… alterados…? ¿Estáis mamados o qué?

—¡Jorge, escucha, sabes algo de Vicente, sí o no? ¿Está él contigo ahora? ¿Si no está contigo, sabes dónde se encuentra?

—¿Que si sé dónde está Vicente…? ¿Por qué me preguntas eso…? ¿Soy yo acaso el guardián de mi hermano! ¡Ja, ja, ja!

—¡Te estamos preguntando en serio, Jorge! ¡Esto no tiene ni pizca de gracia!

—¿Y quién eres tú, ahora, chica?

—Patricia. Es Patricia la que te habla. No sé si te acuerdas de mí.

—¿Os habéis juntado todos para hablar conmigo por teléfono un sábado a la mañana? Esto resulta bastante curioso. ¿O es que pretendéis divertiros con vuestra cogorza…? ¿Y por qué no le dais el coñazo a otro?

—¡Te repito que esto no tiene ninguna gracia, Jorge! ¡Y vuelvo a decírtelo las veces que sean necesarias! ¡Presta atención, coño!

—No le hables así, chica. Le vas a asustar —propuso Julio.

—¿Ha ocurrido algo…? Supongo que si estáis todos tan alterados es porque ha ocurrido algo serio. Decidme. Vamos, soltadlo ya.

—¡No sabemos nada de Vicente desde que salió ayer de casa para reunirse contigo! —precisó Hélène—. ¡Puedes decirme qué hicisteis! ¡Dónde estuvisteis ayer, Jorge!

Patricia estiró los brazos, buscaba desentumecer su espalda adoptando una nueva postura.

—Deja que piense un poco… —susurró Jorge desde el otro lado de la línea telefónica—. Pues… Tengo la cabeza como plagada de bombazos ahora mismo, no sé si entendéis lo que os digo… ¡Llena de bombazos que no se cansan de explotar y explotar! Pues, a ver… Quedé con él ayer por la tarde, sí… Lo recuerdo… Pero creo que tomamos solo un par de cañas, sí, creo recordar eso. Nos despedimos enseguida.

—¿Crees recordar, ¿cómo que crees recordar? ¿No puedes ser más preciso?

—Es que, a partir de ahí yo me lie y… Pero, sí. Él tenía prisa porque iba a celebrar algo contigo, Hélène. Me dijo que era vuestro aniversario o algo así. La verdad es que no lo recuerdo bien. Él no quería llegar muy tarde a vuestra casa. Por eso no nos liamos mucho. Yo había quedado con él para darle algo que acababa de escribir. Quiero que lo lea con calma y me dé su opinión. Le entregué un pendrive. Espero que no lo haya perdido.

—Es Patricia la que te habla ahora otra vez, Jorge. Escucha, ¿dices que Vicente y tú solo tomasteis un par de cañas? ¿Y qué hizo él a partir de ahí? ¿Sabes dónde fue?

—Yo… Nos despedimos en la plaza, sí. Vi cómo él se dirigió hacia la boca del metro… Sí, eso fue lo que ocurrió… Yo me di la media vuelta, y me alejé por la calle de...

—¿Le viste entrar en el metro?

Julio asintió con energía, indicando a Hélène que había hecho una pregunta acertada.

—No lo sé… No, creo que no, ahora que lo pienso. Aunque la verdad es que no lo puedo asegurar con certeza. Creo que antes de que él bajara las escaleras para entrar en el metro, yo me giré y me alejé por la calle…, justo en sentido contrario al que Vicente había tomado. Yo había quedado con una amiga… Fui a buscarla a su casa, ella vive por aquí, ya que la cita con Vicente había sido corta y me sobraba mucho tiempo, pues... Creo que la conocéis. Ella está aquí conmigo, ahora, ha dormido conmigo. Bueno, está escuchando todo lo que decimos.

—Eso no nos interesa, Jorge —precisó Patricia—. ¿Sabes algo más de Vicente que nos pueda servir?

—Pues… no sabría qué más deciros… Todo esto es muy raro, ¿verdad que sí? ¿Dónde puede haberse metido este hombre? ¿O qué le ha podido ocurrir al pobre?

—Tiene el teléfono encendido, pero no contesta ni las llamadas ni los mensajes de wasap. ¡Y yo estoy muy nerviosa porque no sé nada de él desde ayer por la tarde! *Mon dieu!*

—A mí también me extraña muchísimo todo este asunto… —repitió Jorge—. ¿Habéis llamado a los hospitales? Puede que el metro en el que él montó sufriera anoche un accidente y…

—¡Eso es, anímanos un poquito más, querido, pero solo un poquito más! ¡Qué inoportuno eres!

—Lo que he dicho no es ninguna tontería, chicos.

Patricia, Julio y Hélène se miraron entre ellos, cada uno de ellos interrogó al otro desde el parapeto de sus ojos.

—Si hubiera habido un accidente en el metro, nos hubiéramos enterado. Llevamos despiertas desde las siete de la mañana y no hemos recibido ninguna noticia como la que tú supones. Esas noticias se reproducen enseguida por internet como si fuera un reguero de pólvora prendido por una llama. Además, acabamos de salir del metro y todo estaba normal.

—¿Dónde estáis vosotros ahora?

—Tenemos localizado el teléfono de Vicente. Estamos cerca de la puerta del local donde se supone que marca la señal. Pero, antes de preguntar a los del local, queríamos hablar contigo, por si sabías algo.

—¿Un local? ¿Tenéis localizado el teléfono de Vicente dentro de un local? ¿Y qué tipo de local es?

—No lo sabemos a ciencia cierta. Pero la pinta que tiene toda esta calle es… Está plagada de clubs de alterne, por lo que suponemos que este será un sitio similar a los otros. Uno de esos lugares donde hay… ¡No sé bien, pero imagino que en su interior habrá prostitutas y supongo que también circulará la droga y vete tú a saber qué otras cosas más habrá, y por eso a mí empieza a cuadrarme que Vicente no responda al teléfono! Disculpa Hélène, pero es mejor que antes que después empecemos a ser sinceros entre nosotros —dijo Julio dirigiendo en ese momento su mirada hacia los ojos de la mujer a la que interpelaba.

—¿Me puedes decir dónde estáis exactamente? Voy para allá de inmediato. Quiero estar con vosotros.

—No hace falta que vengas, Jorge —sugirió Hélène—. Aquí ya somos muchos para indagar…

—¡Estamos muy cerca del lugar donde quedasteis tú y Vicente ayer! —interrumpió Patricia a la otra chica.

—Pues… sí, conozco bastante bien esa zona… —advirtió Jorge—. Por ahí hay una calle que sube, ¿no es así? Esa calle tiene muy mala fama. Es una zona chunga, sí. Esperadme, no tardaré en llegar.

—¿Has entrado tú en alguno de esos locales, Jorge? Lo digo por si puedes darnos alguna pista.

—Sí. Entré en uno hace tiempo. Fui con un grupo de gente en una despedida de soltero. La verdad es que era un lugar bastante deprimente. Tened mucho cuidado con lo que hacéis. Hay gente realmente peligrosa por esa zona. Por esa calle y también por la otra, donde está la comisaría de policía. Fíjate tú, uno de los lugares más peligrosos de Madrid se encuentra muy cerca de una comisaría de policía. Esperad a que llegue yo, por favor. Os repito que vivo muy cerca. Cuantos más seamos para actuar, mejor para todos.

Un perro, que debía andar escondido en alguno de los balcones a la espera de que la conversación telefónica se diera por concluida, cuando esto realmente ocurrió, empezó a ladrar con vibrante y acelerada alerta, indicando de ese modo el desagrado que sentía por todo lo que supuestamente había venido escuchando, una conversación sin duda para él siniestra y plagada de impaciente incertidumbre e invadida de peligro.

6. Solidaridad inciertamente volcánica

Un avión supersónico atravesaba el cielo con la misma celeridad y precisión con la que se esboza un gesto simple de dolor después de que nos hayamos quemado la palma de una mano. Durante el trayecto del avión, el sonido retumbó con excesivo eco y rotundidad, tal como si se estuviera reproduciendo en la calle un terremoto de magnitudes dramáticas. Los tres amigos miraron hacia arriba con interés. Observaron el rastro que dejaba la larga estela blanca. Cuando el avión se alejó del todo, Hélène retiró las palmas de las manos con las que había llegado a tapar sus oídos.

—¿Entonces, concluimos en que el local es ese de ahí, verdad que sí? —preguntó Julio, volviendo a señalar la pantalla de su teléfono—. Quiero asegurarme de esto antes de llamar, para no meter la pata. Ya lo dijimos antes: la página donde aparece el teléfono no está actualizada y la foto es distinta de lo que ofrece esa fachada. Pero esa es la misma puerta, aunque con otros colores y la ventana no tiene el cristal que aparece en la foto. Pero, sí, es la misma puerta.

—Sin duda. La fachada es un poco diferente, pero ese es el local, seguro. La foto debe haber sido sacada antes de que cambiaran la fachada. Ahí está el portal de al lado. Es el mismo portal. El mismo número. Sí. Llama. Por favor.

Julio tecleó el número de teléfono que aparecía en la pantalla de su móvil. Esperó a que contestaran.

—No contestan.

—Aguanta un poco más… —pidió Hélène encogiéndose de hombros y entrecerrando los ojos para acomodarlos hacia un mayor descanso.

—Supongo que no habrá gente ahí dentro a estas horas —reconoció Patricia, reflexionando con tranquilidad y cabeceando con ligereza.

—Insiste, insiste —exigió Hélène, espabilado de pronto.

Julio volvió a realizar la conexión.

Esperó. Colgó al darse por terminada la señal de llamada.

—Está bien —dijo—. Voy a llamar por tercera vez. Ya se sabe que a la tercera siempre va la vencida —y pulsó otra vez la tecla adecuada en la pantalla de su teléfono.

De pronto, Julio abrió mucho los ojos. Desvió con urgencia su mirada hacia Hélène. Sonrió con amplitud y asombro.

—¿Sí…? Buenos dí… Disculpe… ¿Estoy hablando con…? ¿Sí…? Ese es el número al que llamo, sí… ¿Es ese es un negocio de restauración donde se puede comer y…? Verá, es que… Bien. No, no. Se puede comer ahí, también, se puede comer, aunque su especialidad es la de… ¿Reserva? No quiero hacer ninguna reserva… No… ¿A estas horas tienen ustedes ya se servicio…? ¿Tan pronto? ¿Chicas de compañía a estas horas? También chicos… Muy bien, muy bien, sí… Ya. ¡Hay gente que no descansa ni para…! Sí, sí, le oigo… Aunque no le oigo con mucha precisión, se cruza de vez en cuando una interferencia que… Pues muy buenos días, que no recuerdo si le he saludado... Sí, que sí le he saludado, de acuerdo… Verá. No sé bien cómo explicarme... No, ya le digo que no quiero reservar mesa ni quiero tomar nada... No... Escúcheme, por favor... Perdone que le moleste, pero es que yo... Escuche, escuche, por favor, le digo que no le oigo muy bien... ¿Usted me oye bien a mí? ¿Sí? Sí. De acuerdo. Pues le cuento... Estoy buscando a un amigo y me gustaría saber si él está ahí, con ustedes... Se llama Vicen... ¿Cómo dice usted? —Julio retiró el teléfono de su boca, lo tapó con la palma de su mano y susurró algo a Patricia—. Creo que no están por la labor de ayudar mucho. La persona que ha contestado, o es imbécil o está puesto de droga hasta las cejas...

—Te lo ruego, Julio, ten paciencia por favor —pidió Hélène llevando sus dos manos hacia la cara del chico.

Julio volvió a colocarse el teléfono en la oreja.

—Sí... Disculpe. Estoy con unas amigas y me estaban diciendo algo... No, ya le he dicho que no quiero reservar nada, solo necesito saber si mi amigo está en su local ahora. Es que vamos a perder el avión si no aparece y... Sí, nos vamos de viaje. Todos. Verá... Sabemos que él entró ahí y... ¿Que no hay clientes en estos momentos con ustedes...? ¿Dice que entremos a tomar una copa y vivamos la experiencia...? ¿Que nos invita a la segunda copa...? Eso me suena... Sí, eso me suena, debe ser una costumbre característica de esta calle... Ya. Escuche, para nosotros estas no son horas para tomar copas... ¿Oiga? ¿Oiga...? Ha colgado.

Un hombre, que bajaba paseando calle abajo acompañado de un perro grande, fijó su atención en los tres amigos. Los saludó, dándoles los buenos días y elevando con mansedumbre una mano. Ellos respondieron con evidente educación. Cuando el hombre se encontraba a varios metros de distancia, Hélène dijo:

—¿Por qué no lleva al perro atado con correa? Es grande y puede resultar un peligro. ¿Es que en este barrio la gente hace lo que le sale de las narices?

—La señal del teléfono de Vicente indica una zona de ahí dentro. Así es que él o su teléfono están ahí. ¿Por qué no has dicho eso? —protestó Patricia dirigiéndose con enfado hacia Julio—. La verdad, deberías haber dicho la verdad y no ponerte a dar vueltas con eso del viaje... Llama otra vez. Pero ahora di que… No sé. Di que eres policía y que estás preguntando por tu hermano.

—Pero si eso de decir que íbamos a perder el avión se te ocurrió a ti, Patricia.

—Además, Julio ya ha dicho que está buscando a su amigo —precisó Hélène—. No puede decir ahora que llama para preguntar por su hermano.

—¿Lo ves? Todo esto ocurre por no pensar bien las cosas antes de hacerlas —reprochó Patricia.

Julio sopesó con esmero el significado de las palabras que pensaba decir. Al momento comentó, más decidido:

—De acuerdo. Llama tú, entonces —sugirió, ofreciendo su teléfono a la mujer que acababa de hablar—. O tú —dijo y mostró, después, el teléfono a la otra mujer.

—No, está bien. Sigue tú con todo esto, por favor. Yo no podría crear una frase más larga de hola, qué tal —explicó Hélène.

—Ni yo, créeme —soltó enseguida Patricia—. Disculpa. Quizá me haya excedido en el comentario…

—Hélène, Patricia, sabemos que el teléfono de Vicente está ahí dentro. Bien. Esto es incuestionable. Pero no sabemos si Vicente acompaña a su teléfono. Esto quiere decir que puede que no me hayan mentido. Puede que no haya clientes ahí dentro, ahora. El teléfono está allí, esto lo sabemos, pero eso no asegura que también esté con él nuestro amigo.

—¿Y dónde está Vicente, entonces? —soltó enseguida Hélène.

—Julio, di que eres policía y que lo has visto entrar ahí con tus propios ojos, pero que todavía no lo has visto salir. Cuenta que vives enfrente. Esto puede colar bastante bien, ¿no? Quizá con esto te digan algo que nos saque de dudas.

—No creo que sea necesaria tanta bulla para saber si Vicente se encuentra en ese local.

—¿Queréis que llame otra vez? ¿Lo decís en serio?

—¿Qué otra cosa podemos hacer? Veremos después, sobre la marcha, como a ti te gusta decir, lo que vamos haciendo. Primero vamos a agotar el recurso de la llamada, como hacen en esos programas denigrantes de la televisión. Después usaremos otro de los comodines que nos quede. Aunque no creo que dispongamos de muchos.

—Está bien. Pues vamos allá. Llamo. —Y Julio pulsó la tecla que llevaba a efecto la rellamada al local.

Hélène, indispuesta y despistada, fue a taparse el cuello con la palma de una mano. Soltó un largo y pesado suspiro.

—No sé… No hace nada de frío, soy consciente de esto, pero yo ando bastante destemplada y… —dijo—. Tengo un agotamiento tal en las piernas, que puedo caerme de cabeza al suelo en cualquier momento.

—Tranquila. Debemos aguantar un poco más —sugirió Patricia—. Esto no ha hecho más que empezar, me lo temo.

De pronto, Patricia se decidió y abrazó a la otra mujer por la espalda. La dio un beso lento en el hombro. Cerró los ojos mientras volvía a hablar.

—No me hagas caso. Verás como todo se soluciona en un segundito de nada. Escucha, ¿no será esta una bromita que nos está gastando el muy capullo de tu novio?

Hélène cabeceó sin mucho convencimiento. Julio dio un pequeño salto en la acera antes de hablar.

—Sí, oiga, creo que antes se cortó la llamada y… Sí, ahora le escucho bastante mejor… Claro, claro, le entiendo, pero… ¿Seguro que no hay clientes ahora dentro de su local? ¿Quizá mi amigo esté durmiendo en alguna de sus habitaciones? Ya. Que ustedes no tienen habitaciones, ya… ¿Y no se habrá quedado dormido en…? No sé, en algún sofá, por ejemplo… Supongo que ustedes sí tienen sofás, aunque esto lo digo solo por decir algo… Está bien, disculpe… Pero entiéndame usted a mí, señor… Pues… Pues, sí, le estoy llamando desde la acera de enfrente… Sí, unos metros más abajo, cerca de la plaza de… ¿Nos ve usted desde el interior del local? Es que, desde la calle, no se ve nada de lo que hay dentro… Dice usted que entremos a tomar algo o que nos vayamos a… ¡Pues no, oiga! ¡Escúcheme bien! ¡Quién va a llamar a la policía voy a ser yo, se entera! —Julio retiró airado el teléfono de su oreja y miró hacia la pantalla del teléfono—. Ha vuelto a colgarme, el muy…

—Estupendo —dijo Patricia—. Las llamadas están hechas, pero no hemos sacado nada en claro. En verdad no sabemos si Vicente está realmente ahí, o no. Puede que sí, puede que no. Esto es maravilloso. Vamos a tener que acercarnos, llamar a la puerta y entrar nosotros para echar un vistazo. No nos queda otro remedio. Y si tenemos que tomar una copa, pues la tomamos. ¿Cuál es el problema?

—*Mon dieu!* Yo tomo ahora una copa y un segundo después arrojo mis intestinos —dijo Hélène mientras llevaba una mano hacia su estómago y la apoyaba allí.

—Es que eso de que no tienen habitaciones, no me lo creo —precisó Julio—. Más de un atontado querrá acostarse con alguna chica de las que haya por ahí dentro y no creo que lo haga delante del resto de clientes… No sé… Todo esto me huele a cosa muy rara.

—A medida que lo pienso, me sorprendo todavía más… ¿Puede explicarme alguien qué narices hace Vicente en ese sitio? —soltó Hélène plagada de rabia, a quien el cansancio, debido a los nervios y al hecho de no haber dormido bien durante la noche anterior, empezaba a pasarle la correspondiente factura en la zona de las piernas y la espalda.

—Quizá… Vicente no haya llegado a entrar a ese local —pensó Julio en voz alta y clara—. Puede que le hayan robado el teléfono y lo hayan abandonado dentro de ese lugar... Solo eso. ¿No os parece?

—¿Y dónde está él, entonces?

—¡Y dale con lo mismo! Que no lo sé. ¡Desconozco dónde ha podido meterse este chico! —respondió Julio, que empezaba a alterarse de un modo peligroso. Tomó aire—. Al menos sabemos que no ha dormido con Jorge. Algo es algo.

—¿Y si ha llegado ya a casa? Puede que nosotros estemos aquí, haciendo el tonto en plena calle, y él esté ya en casa —comentó Hélène con evidente angustia en el gesto que ofrecía su cara—. A lo peor ha estado bebiendo en ese… pub y se ha largado sin el teléfono. Lo ha dejado olvidado. Por eso su teléfono está ahí. Él ha podido salir mientras nosotros veníamos en el metro. Quizá nos hayamos cruzado en el camino. Puede que esté durmiendo la mona en… su camita…, en estos momentos… ¿No pensáis vosotros que esto es posible?

—¿Y eso cómo podemos saberlo, Hélène? ¿Propones que vayamos otra vez hacia vuestra casa para averiguar si Vicente se encuentra allí?

—Sí, yo también creo que no debemos dispersarnos mucho —comentó Julio—. Centrémonos primero en lo que podemos hacer aquí, en esta calle. Si vemos que no sacamos nada en claro, puedes acercarte a tu casa y nos dices. Es que si empezamos a dar vueltas y más vueltas, vamos a volvernos locos. Podríamos llamar a tu casa, pero ya no tenéis el teléfono fijo, ¿verdad que no, Hélène?

—No, y no hace mucho de eso —pensó ella en voz alta—. ¡Qué mala suerte! Tenemos línea, claro, para que funcione internet, pero el aparato del teléfono fijo se lo regalamos a la madre de Vicente. Veo que estás informado a la perfección de todas nuestras cosas, Julio. ¿Hay algo de nosotros que no sepas?

—Supongo que si Vicente ha llegado a vuestra casa y ha visto que tú no estás allí, te llamará. Eso se puede hacer desde el bar de abajo —explicó Patricia—. Por eso creo que va a ser mejor que nos centremos en lo que podemos hacer aquí, en esta calle. Luego, veremos.

—Puede que los dos tengáis razón. Sí. Esperemos un poco más. Si no descubrimos algo, me acercaré a casa —sugirió Hélène—. Aunque la verdad es que no me apetece ir sola.

—Llámame tonta, pero yo estoy segura de que Vicente no está en vuestra casa.

—Bien. ¿Y qué hacemos ahora?

—Ya sé lo que vamos a hacer —dijo Julio rascándose la nuca—. Patricia, llámalo otra vez, por favor. Llama a Vicente —pidió el hombre mientras se disponía a marcar la tecla para realizar la rellamada desde su teléfono. Esperó un momento antes de hablar—. ¿Ya? —Patricia afirmó con decisión—. ¡Oiga! ¿Está oyendo usted una llamada de teléfono en estos momentos? ¡Escuche, por favor! ¡Lo digo porque estamos llamando al teléfono de mi amigo y usted tiene que estar oyendo ahora la sintonía de la llamada! ¡Ese teléfono está dentro de su local, me oye! ¡Esto lo sabemos! ¡Tenemos localizado el teléfono! ¡Y está sonando ahora! ¡Que va a llamar a la policía! ¿Oiga…? ¡Oiga! ¿Oiga? ¡Hijo de puta! Ha vuelto a colgarme, el muy cerdo.

—¿Tú oías cómo sonaba el teléfono de Vicente?

Julio paró a pensar antes de responder.

—No. Yo no he oído nada. Pero ellos sí han tenido que oírlo. El teléfono debía estar sonando por ahí dentro. De todos modos, no os preocupéis, esos no van a llamar a la policía ni al Cristo que los fundó. —Y entrecerró los ojos para meditar acerca de algo que se le estaba ocurriendo—. Aunque, ojalá lo hicieran, ojalá les diera por llamar a la policía. Pensándolo mejor, quizá no sea mala idea eso de llamar a la policía.

—¿Y qué les decimos? ¿Les decimos que nuestro amigo, que es mayor de edad y profesor universitario, un hombre de unos cuarenta y tantos años, como todos nosotros, un hombre que tiene decisión propia y está cabal, se ha metido en un local de alterne a tomar unas copas y no quiere invitarnos…? ¿Les decimos eso, o qué les decimos?

—A mí no me hace ni pizca de gracia lo que está ocurriendo, Patricia —explicó Hélène, indignada por el comentario que acababa de realizar la otra mujer—. No entiendo por qué tiras de esa extraña ironía en un momento como este.

—A mí tampoco me hace gracia alguna nada de esto, créeme —indicó Patricia—. Pero sé que hay que esperar al menos veinticuatro horas para denunciar la desaparición de alguien mayor de edad. Y todavía no han pasado esas veinticuatro horas. Si llamamos ahora a la policía, no van a hacer nada hasta que pase ese tiempo estipulado. Así están las cosas.

—Entonces… ¿sugieres que nos quedemos aquí, en medio de la calle, hasta que a Vicente le dé por salir de ese lugar, si es que él está ahí dentro, o hasta que transcurran las veinticuatro horas desde que desapareció?

—No lo sé, Hélène. Vamos a pensar con detenimiento y paciencia qué nos conviene hacer. Yo estoy tan perdida como vosotros. Pero lo que no está bien es que nos comportemos como si fuéramos unos niños. Creo que, en estos momentos, sobran las pataletas.

—¿Quién está teniendo una pataleta?

—¿Vamos a dejarlo ya? Os lo pido por favor —suplicó Julio—. Y esto os lo digo a las dos.

—¿Dices que nos comportamos como unos niños? ¿A quién te refieres? ¿Hablas de Julio? ¿De mí? ¿De los dos? Mira, no sé si me está apeteciendo mandarte a la mierda, hija. No lo sé muy bien.

—¡A ver, chicas! —insistió Julio interrumpiendo el conato de discusión que había surgido una vez más entre las dos amigas—. Creo que lo que debemos hacer es entrar en ese lugar y comprobar si Vicente está ahí. No se me ocurre otra cosa mejor.

—¿Esperamos a Jorge o entramos nosotros? —preguntó Patricia.

—Yo prefiero que le esperemos. Cuantos más seamos, menos peligro correremos —sugirió Hélène, y dirigió una mirada inquieta hacia el final de la calle—. No creo que tarde mucho en llegar. Él vive muy cerca de aquí. Total, por esperar unos minutos más no creo que vaya a pasar nada.

Un gato, negro como el azabache, cayó desde no se sabe dónde, muy cerca del lugar que ocupaban los tres amigos. Después de enderezar la espalda, el gato bufó con una sonoridad inapelable. Luego curvó el lomo y enseñó unos dientes muy blancos y afilados.

—¡Lo que nos faltaba! —soltó Hélène al tiempo que cubría su cuello con una mano extendida—. ¡Lo que nos faltaba pàra mejorar el día era que se nos cruzara un gato negro y rabioso! *Sors, Satan, sors de ma vue!*

El run-run de una pequeña y destartalada moto que ascendía calle arriba, introdujo en la escena un aspecto de ensueño desquiciado y plagado de insensatez. Los tres amigos tuvieron que apartarse con agilidad para impedir que la moto los agrediera con su ímpetu sonoro y salvaje.

7. Impetuoso vivero de serpientes

—¡Hola, chicos! ¡Me alegro de volver a veros! —dijo Jorge, parando donde se encontraban Patricia, Hélène y Julio. La prisa en su andar le obligaba a llevar colgando la lengua desde su boca abierta. Iba acompañado de una mujer—. ¿Cómo va la cosa? ¿Habéis descubierto algo?

—Hola, Jorge —Patricia saludó dándose la vuelta hacia los recién llegados—. ¿Inés…? No me digas que tú y él estáis…

—¿Te molesta? —dijo la recién llegada y se adelantó para dar un beso en las mejillas a Patricia.

—Claro que no me molesta —respondió esta—. ¿Por qué iba a molestarme?

—Os conocéis, ¿verdad? —expuso Jorge mostrando su ademán altanero y aparentemente seductor—. Lo sospechaba.

—Nos conocemos desde hace unos treinta años. ¡Ay, qué rápido pasa el maldito tiempo! —respondió Patricia—. Pero no nos habías dicho, Inés, que estabas saliendo con él. Por eso me ha sorprendido veros juntos.

—Solo somos amigos, nada más que eso —precisó Inés—. De modo que poco hay que contar.

—¿Que si sabéis algo de Vicente? —insistió Jorge—. ¿Habéis descubierto algo importante?

Hélène y Julio saludaron con un beso en la mejilla a Inés y a Jorge respectivamente. Patricia negó ante la pregunta que había realizado este último.

—Pues, lo que os he dicho antes, ayer dejé a Vicente, más o menos, a las… nueve y media o poco más, ahí en la plaza. Sí. Él se dirigió hacia la boca del metro y yo me largué por la calle de abajo —dijo y señaló hacia la esquina de esa calle donde estaban todos, esa que culminaba en la plaza—. ¡Cuál es el local del que hablabais antes!

Hélène señaló hacia la puerta del local donde suponían que se encontraba su novio. Los movimientos de sus brazos se efectuaban con asombrosa lentitud, tanto que los músculos de esos brazos parecían andar escasos de fuerzas, o adormecidos debido al cansancio y el desasosiego incansable que les provocaba el insistente acicate de los nervios.

—¿En ese sitio tenéis localizado su teléfono?

Hélène asintió despacio. Julio señaló también hacia el local con un brazo estirado. Parecía que todos andaban escasos de reflejos y actuaban a destiempo.

—¿Y tú cómo estás? —aprovechó Jorge para acercarse un poco más a la novia de Vicente y preguntarla.

—Agotada. Muy agotada. Apenas he dormido y… Bueno, a ver si se soluciona pronto todo este jaleo. Yo ya estoy empezando a estar bastante harta.

—Pronto empiezas a perder la paciencia, hija —soltó Patricia mientras estiraba los brazos para desentumecerlos de la modorra que los atería.

—De modo que el sitio es ese de ahí... Bien, bien. No sé de qué va ese negocio.

Julio señaló por segunda vez hacia la puerta donde estaba el local, algunos metros más arriba de la calle, en la acera de enfrente. Asintió para despejar cualquier tipo de duda acerca de su advertencia.

—Sí. Ese es el local.

—No tiene muy mala pinta desde fuera —apuntó Inés.

—He llamado tres veces. Pero no he sacado ninguna información. Dicen que Vicente no está dentro. Que no hay clientes ahí dentro, ahora. Ellos nos ven desde el interior. Saben que hemos sido nosotros quienes hemos llamado.

—Vale, pues vamos a entrar, ¿os parece? —propuso Jorge y estiró su cuello para mantenerse prevenido—. La verdad es que estamos tardando en hacerlo. No creo que se atrevan a actuar contra nosotros cinco. Vamos, no esperemos más —ordenó Jorge y empezó a encaminar con serenidad sus pasos hacia donde estaba la puerta del local.

Los otros cuatro le siguieron sin especial convencimiento. Por ese motivo tardaron un tiempo considerable en cruzar la estrecha calle. Una vez que alcanzaron la puerta del local, Jorge carraspeó, removió los hombros. Sin esperar más, pulsó el amplio timbre que había en uno de los laterales.

Aguardaron varios segundos durante los cuales la tensión endurecía el aire que respiraban y lo transformaba en algo denso y caliente. Sopa de pantano recóndito y solitario. Nadie abrió la puerta. Jorge, decidido, volvió a llamar. Un instante más tarde, la puerta se abrió bruscamente. Apareció tras ella un hombre alto, musculoso, un hombre cuya cara se mostraba adornada por un amplio tatuaje que ofrecía enormes flores en plena efervescencia de color. Su piel, de un azabache perlado y siniestro, llamaba la atención de un modo hipnótico. Ese hombre olía a hierbabuena y a ajo. Al abrir la boca, uno de sus dientes brilló como si se tratara de una pequeña linterna. Sin duda alguna, aquel, era un poderoso diente de oro.

—¿Para qué cojones llamáis al timbre? —gritó el hombre y se cruzó de brazos en medio del umbral—. ¡La puerta está siempre abierta! ¡Solo hay que empujarla! —dijo y abrió en exceso los ojos—. ¡Qué hostias queréis!

—Queremos entrar para ver si está dentro nuestro amigo —explicó Jorge.

—¿Quién es el payaso que ha llamado antes? No tenía tu voz —dijo y dirigió una penetrante mirada hacia Julio—. Has sido tú. Sí, claro que has sido tú. Te he visto antes. Tu cara de payaso no se me olvidaría nunca.

Julio cerró los ojos por un momento, para que la compostura en su cara no se derramara en un inesperado e inapropiado ataque de ira.

—Vamos a entrar, te pongas como te pongas —aclaró Jorge, cruzándose también de brazos.

—¿Quieres llevarte una hostia, cagón? ¿O prefieres que te dé una buena patada en los huevos?

Jorge intentó retar la dura mirada del hombre con la suya, pero al momento, desvió su atención hacia donde estaban sus amigos. Bajó sus manos hacia las caderas.

—Déjenos entrar solo un momento, señor —pidió Julio intentando ofrecerse pacífico y sumiso—. Entramos, miramos y nos marchamos. Se lo pido por favor. Entienda que estamos muy preocupados por nuestro amigo. Además —y se puso a repasar con celeridad en el interior de su densa memoria—, creo que ya le dije antes que vamos a perder el avión si nuestro amigo no sale. Los vuelos no son nada baratos. Hágase usted cargo de lo que le digo, se lo pido por favor.

—Te he dicho varias veces que no tenemos clientes en estos momentos. ¿Eres sordo o gilipollas?

—Por favor… —suplicó Hélène—. Yo soy su novia. La novia de la persona que buscamos. Solo queremos echar un vistazo. Quizá él esté dormido en algún lugar donde no hayan mirado ustedes bien…

Otro hombre apareció a la espalda del hombre de los tatuajes y le dijo a este algo al oído. En el fondo del local se observaba la presencia de varias mujeres que, pese a lo temprano del día, estaban ya ataviadas con prendas livianas, diminutas, sugerentes prendas de ropa interior. A través de la puerta salía un aroma intenso a colonia barata, a campo plagado de lavanda y empapado de lejía al mismo tiempo.

—¿Ustedes nunca duermen? —preguntó de pronto Patricia, sin saber el motivo que la había llevado a realizar esa inconveniente pregunta.

—Os he dicho que el tipo al que buscáis no está aquí. ¡Marchaos antes de que se me hinchen los cojones!

—Ya, pero ahí dentro sí está su teléfono. Lo tenemos localizado con un programa de… —dijo Julio y señaló hacia la pantalla del ordenador portátil que llevaba en una mano—. Llámale ahora, Patricia, por favor.

La mujer marcó la tecla correspondiente en su teléfono, para realizar la llamada.

—Ya. Está llamando.

—Silencio —ordenó Julio—. Escuchad bien… Prestad mucha atención. ¿Alguien oye algo?

Todos negaron casi al mismo tiempo.

—Pues la llamada está produciéndose en este momento —informó Patricia—. Todavía no se ha cortado.

—¿Me dijo usted que en su local no tienen habitaciones? ¿Está seguro de lo que dice…? —preguntó Julio y después tuvo que guardar silencio debido a que se había dado cuenta del disparate que encerraba su pregunta. Aprovechó ese instante de pausa para refrescar su garganta con su propia saliva—. ¿Y… reservados? Seguro que ustedes sí tienen reservados para… Para lo que sea, vamos. ¿No estará nuestro amigo en alguno de esos reservados?

El hombre de los tatuajes negó con rotundidad. El otro hombre que se había colocado a la espalda del anterior volvió a susurrarle algo cerca del oído y el hombre fornido de los tatuajes se vio obligado a soltar una larga carcajada.

—Está bien. Queremos pasar a tomar una copa —dijo Jorge inesperadamente mientras agarraba con fuerza la mano de Inés.

—Cojonudo —dijo el hombre—. Pueden entrar ellas. Vosotros esperáis aquí, en la puerta —dijo el hombre de los tatuajes—. Por payasos.

Las tres chicas se miraron entre ellas.

—Bien —dijo Hélène—. ¿Vamos?

—Por favor, tened mucho cuidado, chicas —pidió Julio.

—Sí, abrid mucho los ojos —sentenció Jorge—. Entráis, echáis una mirada, y a la calle.

—Si ellas cruzan esta puerta tienen que pagar una copa. Una cada una.

La puerta que había al fondo del local, que era alargado y tenía una barra a la parte izquierda y varias estancias a la derecha que estaban semiescondidas tras unas grandes cortinas de colores, se abrió despacio. Por allí aparecieron dos hombres altos y fornidos. Tenían el mismo aspecto de los piratas que salen en esas películas antiguas de aventuras, pues en sus cuerpos, oscuros como la bruma que se esconde en un túnel siniestro, ofrecían dibujos desde donde asomaban dragones y monstruos agresivos desde detrás de enérgicas montañas encrespadas.

—Acaba de llegar vuestra compañía, queridas señoras —informó el hombre de los tatuajes—. Vamos, pasad y disfrutad a tope. Os aseguro que ahí dentro vais a ver el cielo, con sus estrellitas y todo. —Y tras decir esto soltó una escandalosa carcajada.

Julio, anticipándose al movimiento de Patricia, se adelantó y la agarró de un brazo.

—Creo que será mejor que lo dejéis. Hazme caso, por favor. No voy a permitir que entréis solas en ese local de mierda.

Sin esperarlo, el hombre de los tatuajes asestó un golpe con la palma de la mano abierta en el hombro de Julio. Este se tambaleó con especial violencia debido al repentino y brutal impacto, y casi estuvo a punto de caer de bruces al suelo.

—¡Fuera de aquí o me lío a hostias con todos vosotros! ¡Hale, panda de *julais*, largo!

—¿No nos ha dicho usted que nosotras sí podemos entrar? —preguntó de pronto Patricia y se plantó con asombrosa osadía delante del hombre.

—¡Decidíos, hostias! ¡Tengo cosas que hacer y no puedo estar todo el día aquí en la puerta! ¡Si queréis entrar, venga! —dijo señalando con un dedo estirado hacia las tres mujeres y después hacia la puerta del local—. ¡Si no vais a entrar, fuera de mi vista! ¡Todos! ¡Decididlo ya! —Tras decir esto, el hombre de los tatuajes llevó su mano hacia la parte trasera de su cinturón, donde asomaba la empuñadura de un cuchillo enorme.

Julio agarró a Patricia y a Hélène por la cintura y se alejó con ellas de allí. Jorge, casi al mismo tiempo, se retrasó varios pasos mientras tiraba de la mano de Inés. De pronto, plantándose en jarras en medio de la calle, elevó despacio su dedo anular y chistó hacia el hombre de los tatuajes, que ya se disponía a entrecerrar la puerta.

—¡Eh, tú! ¡Sí, a ti te hablo, tarado de mierda! —dijo en un tono claramente amenazante y mientras mantenía el dedo estirado, señalando hacia donde estaba el hombre—. ¡Os vais a cagar todos, panda de cerdos! ¡Os vais a cagar, enteraos bien!

El hombre de los tatuajes asomó la cara a través de la rendija que quedaba abierta y esbozó una sonrisa amplia y plagada de seguridad. Luego lanzó un largo y silencioso beso hacia el grupo de amigos de Vicente, que se arremolinaba en la otra acera. Fue cerrando la puerta con calma. Una ranura apenas visible a simple vista quedó como llamada a la tentación más secreta e inoportuna hacia el interior del local.

8. Laberinto de miradas imprecisas

Julio persiguió a Patricia calle abajo. Como si hubiera sido impulsada por un potente resorte, ella había saltado con ímpetu y había echado a correr desde el lugar donde todos estaban, frente a la puerta del local en que había tenido lugar poco antes el peligroso altercado con el hombre de los tatuajes. Una vez que Julio alcanzó a la mujer, hizo que parara, apoyando una mano en el hombro de ella.

—¿Quieres estarte quieta?

—¡Muy bien! —dijo Patricia parando y girándose con efusividad. Señaló a Julio con un dedo estirado—. ¡O se va él o me voy yo! Vosotros decidís. Pero uno de los dos, sobra.

—Por favor, Patricia, razona un poco. Bastante abrasados estamos ya todos como para ponernos a echar más leña al fuego.

—¿Pero no has oído lo que ha dicho ese imbécil? Se ha puesto a gritar como si estuviera loco y me ha dicho que no me meta donde no me importa. ¡Que le deje en paz, ha soltado! ¡Ese chico no es una persona cabal, no! ¡Y es que a ese anormal no se le ha ocurrido hacer otra cosa que amenazar al tío de la puerta! A partir de ahora, qué hacemos. Ya no podemos dialogar con esa gente. Ahora eso es imposible.

—Lo sé, Patricia, lo sé. Todos hemos visto lo que ha ocurrido. Pero, por favor… Te pido que seas más paciente y un poco más razonable. Insisto. Volvamos con ellos, por favor. Debemos estar todos juntos. Le diré a Jorge que no vuelva a actuar por su cuenta. Somos cuatro para decidir lo que hacemos y cómo debemos hacerlo.

—Inés también es amiga de Vicente. Seguro que ella puede aportar algo.

—De acuerdo. Pues somos cinco. ¿Vamos?

Y Julio invitó a la chica a que le siguiera, esbozando una breve verónica con un brazo, hasta el punto donde se encontraban los otros tres. Avanzaron despacio hacia allí.

—Disculpa, Patricia. Creo que todos estamos bastante alterados —se justificó Jorge cuando la mujer se sumó al grupo.

—Sí, sobre todo tú, guapo —advirtió Patricia, y mostró una sonrisa desprovista de amistad.

—Muy bien —asintió Julio—. Jorge, escúchame, por favor. Debes tener muy en cuenta que las decisiones, a partir de ahora, las abordemos entre todos. Si vuelves a actuar sin contar con la opinión de los demás, tendremos que pedirte que te vayas. ¿Estamos de acuerdo?

Jorge aguantó un arrebato de cólera que llegó a iluminarle por un momento los ojos, como si se tratara de dos pequeñas linternas prendidas en su interior.

—¿De acuerdo? —volvió a preguntar Julio con la intención de cerrar cuanto antes su propuesta.

—Aunque, qué quieres que te diga, chico, tampoco considero que haya estado tan fuera de lugar lo que he hecho. Ese tipo se estaba riendo de nosotros en nuestra propia jeta.

—¿No has oído lo que acaba de decirte Julio? —precisó Patricia adelantándose un paso.

Jorge y Patricia se retaron con una mirada penetrante e inmóvil.

—Con esa gente no vamos a conseguir nada si nos comportamos como unos corderillos —intentó explicar Jorge—. Esa gentuza debe saber que nosotros también estamos dispuestos a ser peligrosos.

—¿Le has visto el cuchillo? —interrumpió Hélène—. ¿Lo has visto, sí o no? ¿Y quieres que te rajen, que nos rajen a todos de arriba abajo?

—¿De verdad crees que ese va a apuñalar a alguien aquí, en plena calle?

—Le considero muy capaz, sí.

—Pero este chico está muy mal de la cabe...

—¡Sí, ellas iban a entrar ahí! —observó Julio dejándose llevar por un impulso de agresividad—. Patricia tiene razón Has puesto en peligro nuestra integridad física. Sobre todo, la de ellas.

—Ya está dicho, Jorge. O haces lo que decidamos entre todos, o te marchas. ¿Qué dices? —quiso saber Hélène.

Jorge decidió guardar silencio. Apretó sus labios con energía, aguantó entre ellos la excesiva rabia que desbordaba por las comisuras. Después de varios segundos, durante los que permaneció callado, se limitó a afirmar con rotundidad, quizá obligado por la severidad con que se le iban acumulando las sugerencias.

—¿Qué podemos hacer ahora? —preguntó Inés, que intentaba relajarse buscando el apoyo de su cabeza sobre el hombro de Jorge.

En ese momento, desde el inicio de la calle, por la parte de arriba, un hombre bajaba cargado con dos pesadas bolsas. En un instante llegó y paró donde estaba el portal que había junto al local, en cuyo interior se suponía que se encontraba Vicente. El hombre dejó las bolsas en la acera y se dispuso a sacar las llaves del bolsillo del mono azul que vestía. Antes de abrir el portal, el hombre se giró hacia el grupo de amigos, que lo observaba con detenimiento a pocos metros de distancia. Lanzó una mirada de sorpresa a cada uno de los componentes del grupo. Luego escrutó con paciencia cada uno de los gestos de los otros. Espero a que Julio se le acercara.

—¿Tenéis algún problema? —preguntó de pronto el hombre.

—Pudiera ser —contestó Julio.

El resto de la comitiva se acercó un poco más hasta donde había parado el hombre. Lo rodearon con evidente curiosidad.

—¿Vive usted aquí? —preguntó Patricia después de ofrecer una sonrisa amplia y temblorosa.

—Bueno, yo... ¿Venís a ver el piso...? —balbuceó el hombre mostrándose nervioso—. Pensaba que os habíais cansado de esperar y os habíais largado ya... —se disculpó el hombre que vestía el mono azul—. Por eso no me he dado ninguna prisa. Es que, veréis, me ha surgido un problema y...

—No. Nosotros no queremos ver ningún piso —indicó Jorge con rotundidad.

—¿Entonces...?

—¿Este portal tiene algo que ver con ese local de ahí? —interpeló Julio señalando hacia la puerta que había al lado del local.

—Yo soy el portero de la finca —explicó el hombre—. He tardado en venir porque me ha surgido un asunto importante. Si no habéis venido a ver el piso, ¿qué se os ha perdido a vosotros por esta zona?

Donde la plaza estalló el estruendo de una chanza festivalera. Irreverente escándalo ante la severidad del momento que estaban atravesando los amigos del desaparecido Vicente. Al cabo de la esquina se veía desfilar a una tropa disfrazada, que iba haciendo sonar todo tipo de instrumentos musicales.

—*Mon dieu!* ¡Lo que nos faltaba ahora! ¡Una fiesta!

Jorge soltó un tremendo berrido a modo de rechazo hacia el ruido ensordecedor, que tan solo segundos después fue amainando en algo.

—¡Ya se va! ¡Se marchan, sí! ¡Se alejan por la calle que hay al fondo de la plaza! —anunció Patricia quitándose las manos de sus oídos.

—Verá usted… —Carraspeó Julio—. Nuestro amigo entró ahí, en ese… sitio raro —Julio decidió responder a la pregunta realizada un momento antes por el hombre—. Hemos hablado con ellos y dicen que ahí dentro no hay clientes ahora. Aunque sabemos que el teléfono de nuestro amigo sí se encuentra dentro.

El hombre masajeó débilmente su mandíbula, indagando qué podía decir y qué no.

—Bueno, bueno… —balbuceó más tarde—. El edificio tiene varias salidas por la parte de atrás. Quizá vuestro amigo haya podido salir y…

—¡Me lo imaginaba! ¡Es cierto que eso ya me lo imaginaba! —soltó efusivamente Jorge.

—Pero quiero deciros que esas salidas no se ven así por las buenas. Están muy bien camuflad. Hay que saber dónde están para encontrarlas —se apresuró a añadir el hombre.

—¿Va a quedarse usted por aquí? —preguntó Hélène—. Lo digo por si necesitamos algo de usted.

—Marcho a la una y media. Y creo que ya es esa hora.

—¿Esta tarde trabaja en la portería?

—¿Esta tarde…? Hoy es sábado. Esta tarde, no. De ninguna de las maneras. Aunque tengo que venir para hacerle una chapuza a un vecino.

—¿A qué hora vendrá usted? —se iban acumulando las preguntas.

—¿Importa eso mucho? Ya he dicho que esta tarde no trabajo de portero.

—Disculpe nuestras preguntas, por favor. No queremos inmiscuirnos en asuntos que no nos importan. Solo queremos saber si usted estará por aquí, por si le necesitamos para algo, como ha dicho ya nuestra… Pensamos que a nuestro amigo lo tienen retenido dentro de ese local...

—Está bien… A eso de las cinco y media llegaré. Eso si no me surge algún imprevisto, tal como me ha ocurrido esta mañana.

Jorge avanzó varios pasos hacia lo alto de la calle. Allí, se giró. Habló, desde la distancia, a sus amigos, y lo hizo con grandilocuencia y exageración.

—Propongo buscar esas salidas de las que habla aquí el amigo. ¿Alguien me acompaña?

Patricia se acercó a Julio y le susurró algo.

—Propone y pregunta que quién le acompaña. ¿No lo ves? Toma las decisiones por su cuenta, sin consultar. No le soporto.

—Calla, te va a oír —murmuró Julio.

—¡Mejor! —dijo Patricia elevando a propósito el volumen de su voz.

De pronto, empezó a sonar la melodía de llamada del teléfono de Hélène. Esta dio un respingo, después de atender la pantalla de su aparato. No se atrevió a contestar.

—¡Es Ana, la hermana de Vicente! —dijo la mujer, alarmada.

—¡Espera, Hélène! No respondas. A ver si te deja un mensaje. Vamos a ver qué dice.

Todos se mantuvieron en silencio, incluido el portero de la finca, hasta que la llamada se cortó. Al rato, la mujer dijo:

—Ha dejado un mensaje, sí.

—Escúchalo, por favor —propuso Patricia.

Hélène colocó el auricular del teléfono cerca de su oreja. Tras escuchar con atención lo que había quedado grabado como mensaje, colgó.

—¿Qué ha dicho? –preguntó Patricia, alarmada.

—Eso, eso, qué te han dicho, no nos tengas a todos en ascuas, chica. —Se interesó también el portero de la finca.

Todos dirigieron una mirada plagada de sorpresa hacia el hombre.

—Dice que si tomamos una caña en el bar de abajo antes de subir a casa de su madre. ¿Qué le digo? Porque algo tengo que decirle. El silencio va a ser mucho peor que decirle la verdad.

—Yo propongo que esperes un poco más, antes de hablar con la hermana o la madre de Vicente. ¿Qué os parece a vosotros? ¿Estáis de acuerdo conmigo?

—¿La que ha llamado es la hermana de vuestro amigo desaparecido?

Todos afirmaron decididos.

—Pues no debéis hacerla sufrir. Yo hablaría con ella y le diría que todavía no sabéis nada.

—¿Y a usted quién le ha consultado nada? —sugirió Jorge, adelantándose unos pasos y acercando su boca hacia la cara del hombre.

—Ella no está enterada de nada de lo que está ocurriendo —informó Julio—. Se va a llevar un buen disgusto cuando lo sepa.

—Entonces, ha llamado por casualidad…

—Bueno... Mi novio y yo estamos invitados a comer en casa de la madre de él. También irá su hermana. Con su pareja. Por eso ha llamado.

—¿Tú eres la novia… del desaparecido…? Encantado de conocerla.

Hélène asintió.

—Te acompaño en el sentimiento, chica. Lo siento mucho.

Jorge soltó una severa y sincera carcajada.

—¿He oído bien? ¿Ha dicho que la acompaña en el sentimiento? ¿De verdad que ha dicho eso? —preguntó Patricia—. ¡Pero qué dice usted, caballero! ¡Nuestro amigo está vivo! —Y paró a pensar en lo que acababa de decir. Cabeceó despacio—. Bueno, al menos que nosotros… sepamos… —reconoció enseguida y se derrumbó hasta quedar en cuclillas sobre el borde de la acera. Escondió su cara entre sus brazos.

—No… *Perdonar*… —intentó disculparse el hombre—. No sabía qué decir… Solo he querido comentaros que lo siento mucho, chica. Siento todo lo que le está ocurriendo a tu novio.

Jorge se alejó, otra vez, unos pasos calle arriba. Se cruzó de brazos.

—Bueno, tengo que dejar esto en la portería y marcho —dijo el hombre disculpándose y sacando finalmente las llaves del bolsillo de su mono azul.

—Espere un momento, por favor —pidió Julio, adelantándose—. Nos gustaría saber… ¿Sabe usted si en ese local hay habitaciones donde la gente pueda dormir?

El hombre negó de inmediato.

—Ahí solo hay una barra y unas salas grandes donde los clientes toman copas con las putas. Las habitaciones están arriba. El local conecta con algunos de los pisos de arriba, no con todos.

—¡Claro! ¡Ahora la cosa empieza a cuadrar! —dijo Julio empezando a perder la oportuna calma que lo había mantenido bastante sereno hasta el momento—. ¡Por eso la señal del teléfono de Vicente marca algún lugar que debe estar entre este espacio, el del local y la parte de arriba! ¡Debe estar en algunas de esas habitaciones que hay por allí!

—Lo dicho —indicó el portero—. Dejo esto y me voy. Es el material para la chapuza de esta tarde.

—¿Y desde el portal se accede también a las salidas que hay en la parte de atrás? —inquirió Hélène.

El portero volvió a negar.

—A esas salidas de la parte de atrás solo se llega desde el local. De manera que lo tenéis chungo para llegar hasta allí desde el interior del edificio.

—Pues, en efecto, lo tenemos claro —indicó Inés, dando un pisotón en el suelo y avanzando hacia donde estaba Jorge. Le agarró por el brazo.

Desde la distancia, Jorge gritó a los otros tres chicos.

—¡Vamos a dar una vuelta por ahí detrás, a ver si descubrimos algo!

—¡De acuerdo! —le contestó Julio—. ¡Pero tened mucho cuidado!

Volvió a producirse la señal de llamada del teléfono de Hélène. Esta volvió a desmoronarse, después de mirar la pantalla de su aparato.

—¡Es Victoria! ¡Ahora está llamando la madre de Vicente!

Julio y Patricia se acercaron a su amiga.

—¡Espera! A ver si ella también te deja algún mensaje —advirtió Patricia.

Cuando la llamada se cortó, Hélène acercó el teléfono a su oreja y se puso a escuchar el mensaje que habían dejado grabado. Un momento más tarde dijo, mientras bajaba el teléfono.

—Dice que, si podemos comprar pan, dos barras, y que ha llamado varias veces a su hijo, y no le contesta. Por eso me llama a mí.

—Pues sí que tenéis un buen jaleo aquí montado. Pero uno de los buenos. ¡De los de tutiplén! —dijo el portero mientras abría la puerta e introducía la punta de su pie para que la puerta no se cerrara. Agarró las dos bolsas—. Y… *Perdonar* que me meta, pero… No sé si habéis pensado en esto que me viene ahora a la cabeza… ¿Vuestro amigo no andará por ahí dentro porque se lo está pasando pipa…? Es una posibilidad, ¿no os parece? Quizá nadie lo tenga retenido y él…

Los tres amigos, cada uno desde la posición en la que estaba, negaron con una rotundidad manifiesta y clara. Le dedicaron al portero una mirada incandescente, explosiva.

—Esto…, solo era un comentario…

—¡Eso no es posible, caballero! ¡Conocemos muy bien a nuestro amigo!

—¡De ninguna de las maneras cabe esa posibilidad! ¡Él nunca haría nada de eso! ¡O, en caso de hacerlo, en caso de hubiera decidido irse de fiesta, habría avisado para no preocupar a nadie!

—¡No nos tendría a todos encima de unas ascuas, como decís vosotros! ¡Y menos a mí! ¡No, no y no!

—Tranquila, Hélène, no hagas caso a este señor.

—¡Es que no, esto no puede estar ocurriendo de ninguna de las maneras! *Merde! Merde! Merde!*

—Dios… Parece que estuviéramos viviendo entre la bruma de una auténtica pesadilla.

El hombre, dándose por vencido tras observar el resultado que había alcanzado su propuesta, se encogió de hombros y se aventuró hacia el interior del portal. La puerta se cerró bruscamente y el portazo quedó resonando con virulencia durante algunos segundos.

Desde la lejanía llegaba otra vez la algarabía de los danzantes disfrazados. Pero ahora la distancia, que era bastante mayor que antes, adormecía el sonido festivalero de la charanga con una densa sordera de gasa y duermevela. Modorra de escándalo inofensivo.

9. Vibrante curiosidad para salvar un peligro de fuego

El fragor en la plaza principal de abajo ya era fácilmente apreciable entre las calles adyacentes. La plaza se encontraba ya plagada de viandantes que transitaban de un lado para otro sin pausa, tal como lo hacen las hormigas a la entrada de su morada. Pero estas eran hormigas que hablaban en voz alta y gritaban y reían a carcajadas sin un motivo claro para hacerlo. El ruido del tráfico llegaba con un sonido más amortiguado debido a la distancia en la que se producía, ya que toda aquella zona era, en su mayor parte, un área exclusivamente peatonal.

—Lo siento, de verdad, pero son las tres de la tarde y Victoria y Ana me han llamado muchas veces —soltó Hélène abortando de pronto su alocado paseo—. Voy a llamar a la madre de Vicente. Voy a llamarla. No espero más. Estará preocupada.

La mujer sacó el teléfono del bolsillo trasero de su pantalón corto. Encendió la pantalla.

—De acuerdo, Hélène —dijo Patricia mientras se plantaba delante de la otra—. Pero, escucha un momento, por favor. —Y Hélène elevó la mirada hacia la cara de Patricia—. Te sugiero que no le digas la verdad. Al menos, no toda. Inventa algo. Dile, por ejemplo, que a Vicente le ha surgido… No sé… Una entrevista urgente para que dirija una obra, que le han llamado de repente para encargarle un proyecto nuevo. ¡Sí, esta es una buena idea! ¿Qué te parece esto que digo, Julio?

Él refunfuñó con indignación. No sabía bien qué debía decir en ese caso.

—No sé si funcionará… Creo que esa excusa resulta bastante difícil de tragar… —añadió segundos más tarde.

—Estoy de acuerdo con Julio —soltó Hélène—. ¿Le han ofrecido una entrevista para un sábado por la mañana, así por las buenas? ¿Y no ha tenido tiempo de avisar a su madre para decirle que no podemos acudir a su casa para comer? —Dudó Hélène y volvió a encender su teléfono—. Está decidido. Voy a llamar. Diré lo primero que se me ocurra.

Jorge apareció en ese momento con Inés desde la parte más alta de la calle. Fue bajando hasta llegar al punto en que estaban Patricia, Hélène y Julio. Jorge llegaba sofocado. Iba negando al tiempo que mostraba una resistencia a que la resignación lo venciera finalmente.

—¡No había dicho el portero que hay salidas en la parte de atrás! ¡Pues no hemos encontrado nada! ¡Hay que fastidiarse!

—Creo recordar que ese hombre también dijo que las salidas traseras estaban ocultas y resultaban difíciles de encontrar, que no se podían ver a simple vista —puntualizó Julio.

—¡Pues no te imaginas hasta qué punto tiene razón! Esa parte de la fachada debe estar escondida hacia el fondo, donde hace chaflán. No tengo ni idea. O se adentra en un recoveco que no hemos visto, yo qué sé. ¡Todo eso estaba muy oscuro y cualquiera mete ahí la cabeza! ¡Quita, quita! Si nuestro amigo sale por la parte de atrás, no lo sabremos.

—Tenemos el localizador, no lo olvides —recordó Julio—. Si Vicente se mueve, esto lo detectará. —Y señaló hacia la pantalla del ordenador—.

Hablando de Roma… El ordenador hay que enchufarlo ya, apenas le queda batería.

De repente, Hélène inició la conversación telefónica con Victoria, la madre del desaparecido.

—¿Sí…? ¿Victoria…? ¿Eres tú…? Claro, quién vas a ser si estás hablando desde tu teléfono… Ya, perdona. Nos hemos retrasado, claro. Lo sé, lo sé… Sí… —Y dirigió su atención hacia el grupo de amigos. Por un momento separó el teléfono de su cabeza y lo ocultó haciendo cueva con una mano—. Me pregunta que si finalmente pensamos a ir a comer… ¿Qué le digo…? —Volvió a acercar el teléfono a su cara. Carraspeó—. Pues, es que… —Dirigió otra vez una rápida mirada hacia cada uno de los otros cuatro componentes del grupo de amigos—. Verás… El caso es que Vicente… No, no le ocurre nada, tu hijo está bien… Sí, te aseguro que está bien… La cuestión es que… Escucha, resulta difícil de creer, pero de manera inesperada, le han ofrecido un trabajo y ha tenido que acudir con urgencia a la entrevista. Sí, te digo la verdad. Sí. Todavía no ha salido y no sé cuándo terminará esa entre… No, no creo que vaya a dejar su trabajo en la universidad, sabes que a él le encanta eso y… Disculpa, no sé qué más puedo decirte… Sí, es raro, pero le han llamado esta mañana y ha tenido que salir muy deprisa… Ya. Claro, todo esto suena a excusa, lo sé… —Y separó el teléfono para apretarlo durante un momento contra su pecho. Tuvo que cerrar los ojos para encontrar las fuerzas suficientes con que abortar un amago de sollozo—. Te escucho, sí, te escucho, Victoria. El caso es que Vicente… Sé que tú y Ana nos habéis llamado muchas veces, lo sé… Sí, te escucho… La verdad, la verdad es que… Claro, tienes razón, debería haberte llamado antes… —Patricia acercó su cara hasta la cara de Hélène. Negó con contundencia. Pero Hélène se lanzó hacia la explosión que le burbujeaba un inoportuno arrebato—. ¡Tengo que decirte que no sé nada de tu hijo desde ayer por la tarde…! *Oui*, sí… Ayer por la tarde, sí… No sé nada de él. No. No contesta las llamadas, no contesta los mensajes de texto… Claro, esto ya lo sabes tú porque tampoco te contesta a ti… Tampoco a Ana, tampoco, es evidente… No contesta a nadie. Ahora estoy con Patricia y con Julio… Estoy en la calle, sí. Vicente tiene vinculado su teléfono con el ordenador y hemos descubierto dónde… No, no… Sabemos dónde está, al menos sabemos dónde está su teléfono… —Separó otra vez el teléfono de su oreja y tapó el micrófono con una mano—. Quiere que le diga dónde estamos.

Patricia agarró la cara de Hélène con sus dos manos y la miró con fijeza a los ojos. Después acarició con cautela la mano que tapaba el auricular del teléfono.

—Deja que yo me lleve el mal trago, Hélène. A ver si se te pasa un poco el sofoco.

Hélène volvió a cerrar los ojos y entregó el teléfono a su amiga.

Tras carraspear varias veces, Patricia colocó el teléfono en su oreja.

—¿Victoria…? Soy Patricia. No te alarmes. No… Por favor, no digas eso… No ocurre nada… Seguro que Vicente está bien… —susurró sin mucha convicción—. Disculpa a Hélène, pero es que Julio y yo hemos insistido hasta convencerla para que no hablase contigo. No queríamos preocuparos… Ya, disculpa… Lo sé, lo hemos hecho mal, lo sé…

Julio llevó a cabo un gesto rápido con una de sus manos, indicando con ello que él no había intentado convencer a nadie de nada.

—¿Cómo dices? ¿Para qué vais a venir, Victoria? Entiendo que estéis nerviosas, no creas que no lo entiendo, pero aquí ya somos bastantes. Con nosotros están Inés y otro amigo, Jorge, supongo que le conoces… Sí, el compañero de Vicente... Que sí, Victoria, sabemos que habéis llamado a los dos muchas veces... También me has llamado a mí, lo sé... Sé que es muy fácil decir lo que te voy a decir ahora, pero te pido que te tranquilices, por favor. Os pido a las dos que os tranquilicéis... No te preocupes, yo os mantendré informadas de todo. Estamos esperando a que... No. Escucha, Victoria, sería conveniente que dejaras libre la línea telefónica de Hélène, por si a tu hijo le da por llamarla... De acuerdo. Sí. Ya. Pues... Estamos delante de un local donde el ordenador de Vicente indica que, al menos su teléfono, se encuentra ahí dentro. Sí, hemos hablado con la gente del local y nos han dicho que, ahora, dentro, no tienen clientes... Ya, todo es muy raro, lo sabemos... Lo siento, Victoria. Te pido que te calmes, por favor... Hazme caso y procura calmarte, no vaya a ser que todo esto te afecte de mala manera y empeores... —Patricia retiró el teléfono y lo miró desde la distancia. Habló a sus amigos—. Le digo dónde estamos, ¿sí o no?

—¿Para qué? —soltó de repente Hélène—. No se te ocurra decir nada.

Pero Jorge afirmó con rotundidad y se dio la media vuelta. Se alejó algunos pasos del grupo. Quedó mirando fijamente hacia la puerta del local. Julio realizó el gesto de mantener la boca entreabierta y las cejas elevadas. Inés se limitó a abrazar a Hélène.

—De acuerdo, Victoria. Estamos cerca de la plaza de... —Patricia reveló el nombre de la plaza que tenían cerca—. Bien. Cuando lleguéis al aparcamiento me avisas y voy a buscaros. De acuerdo. No tengáis prisa en llegar. Hasta luego, Victoria. Cuídate. Sí, claro, si descubrimos algo mientras venís, os lo hacemos saber, no te preocupes. Hasta dentro de un rato.

Patricia apagó el teléfono y se lo entregó a Hélène. Durante varios y largos segundos se mantuvo un inquietante silencio entre todos. Un silencio que se había transformado en un enorme bloque de hielo que anestesiaba casi letalmente, con su exceso de frío, cualquier movimiento.

—Vienen Victoria, Ana y Fernando, chicos —informó, con calma, Patricia.

—¿Fernando también viene? —preguntó Hélène atenazaba por la ansiedad.

—Sí. Él las traerá en su coche —puntualizó Patricia.

—A mí me parece perfecto que vengan. A ver si entre todos conseguimos montar un buen escándalo y a esos hijos de puta los obligamos a soltar al pobre Vicente —explicó Jorge.

—Yo no sé si será muy bueno eso de montar tanto follón —indicó Julio mientras buscaba con la mirada hacia su alrededor.

—¡Cuando vengan nos ponemos todos a dar palmas y a gritar y que les jodan a esos canallas! —añadió Jorge al tiempo que se alejaba hacia la puerta del local—. ¡Que se jodan estos cabrones! ¡Verán lo que les va a caer encima por cerdos!

—Chico, te está mirando la gente —dijo Patricia mientras llevaba alternativamente su atención hacia varios puntos de la calle en los que varias personas, que subían o bajaban, dirigían su mirada hacia el lugar en que estaba gritando Jorge.

—¡Pues que miren! —soltó este—. ¡Que miren hacia aquí, hacia esa puerta! ¡Vamos! ¡A mirar todos! —dijo alzando los brazos y elevando con exageración el volumen de su voz—. ¡Venid todos y montamos un follón de la hostia!

Julio se acercó rápidamente hacia donde se encontraba Jorge. Le habló en voz baja, junto al oído. Jorge, entonces, miró a Patricia. Asintió débilmente.

En ese momento un hombre de baja estatura y cuyo andar iba trastabillado, llegó hasta donde se encontraba la puerta del local. Paró allí, delante de la puerta. Se mantuvo durante un tiempo inmóvil. Con los brazos, intentaba agarrarse a unos asideros invisibles y así mantener adecuadamente el equilibrio.

Hélène habló al hombre desde la distancia.

—¿Piensa entrar usted… ahí? ¿Oiga? ¿Me oye…?

El hombre dirigió una mirada extraviada hacia Hélène. Lo hizo despacio, desde arriba hacia abajo, sin contestar a la pregunta que la mujer le había hecho. La sonrió con indecente exageración.

—Le digo que si piensa usted entrar a ese sitio —insistió ella.

El hombre, sintiéndose cruelmente agredido, llevó su perturbada mirada hacia cada uno de los componentes del grupo de amigos de Vicente, que lo observaban con detenimiento e interés.

—¿Os importa mucho… lo que yo… haga… o deje de… hacer? ¿Eh…? —Y lanzó un puñetazo al aire, pero lo hizo con tal imprecisión que, debido al impulso de su acción, estuvo a punto de caer de bruces al suelo.

—Si yo fuera usted, tendría mucho miedo de entrar en ese local —advirtió Patricia—. Por el amor de Dios, no entre ahí, hágame caso. Ese es un lugar peligroso.

—¿Mie… do… yo…? —balbuceó el hombre mientras soltaba una exagerada y larga carcajada—. ¿Por qué yo… voy a… tener mie… do de entrar…? No es… primera vez… ¡Fuiii! —Y dio un arriesgado traspié que lo impulsó brutalmente contra la pared, donde consiguió apoyarse y, gracias a su imprevisible habilidad, consiguió mantener el equilibrio—, aquí ando tie… so como una… vela.

Julio se echó a reír. Se dispuso a hablar con el necesario volumen de voz para que le oyeran solo los suyos.

—Eso de que va tieso como una vela vamos a tener que dejarlo, ¿no os parece?

Todos soltaron una ligera risita.

—¡Hay que fastidiarse cómo va el amigo! —comentó Jorge añadiendo una carcajada a su comentario.

—Han secuestrado a nuestro amigo y lo tienen retenido ahí dentro. Se lo digo para que usted lo sepa. Nuestro amigo está secuestrado por esa gentuza —precisó Patricia…

—Ya… No me… jodas…, tía. No me… jodas —protestó el hombre e inició el movimiento de acercarse un poco más hacia la puerta del local. Tuvo que agarrarse otra vez a uno de esos asideros invisibles para no caer al suelo—. ¿Vas a enseñar… me… tú… algo? ¿Eh…? Tengo… dinero… Me ense… ñas… algo rico… y así no… entro… ¿Eh…? ¿Eh…? —dijo y bizqueó con indudable peligro. Por eso fue a apoyar una mano en el marco de la puerta del local. Seguidamente después expulsó un sonoro eructo que retumbó como a estertor de cueva profunda. El resultado del eructo dejó en el ambiente de la calle un hedor difícil de soportar. Todos los asistentes se taparon de inmediato la nariz con las manos.

—¿Le parece adecuada esa manera de hablar a una mujer decente? —profirió de pronto Jorge, que se acercaba hacia la espalda del hombre y se la tanteaba con un dedo estirado.

—¡No fastidies tú ahora, Jorge, por favor! —dijo Julio, mientras agarraba a su amigo del brazo y tiraba de él—. ¿También piensas liarla con este pobre individuo?

El hombre ya se había girado otra vez, y lo había hecho llevando a cabo un movimiento difícil de ejecutar. Acercó su cara hacia la cara de Jorge.

—¡No me jo... das, tío..., no me... jo... das! —balbuceó con esfuerzo—. ¡No me...! ¿Eh...? No-me... Nooo... —E inició el ademán de plantarle una mano en la cara a Jorge.

Después de decir esto, el hombre levantó un brazo a modo de advertencia y retrasó sus pasos hasta chocar con la puerta del local. Antes de empujar del todo la puerta, dijo:

—¡Anda y que os fo... llen... a... todos, mama... rrachos! Y sobre... to... do a... ti... —dijo después de señalar a Patricia. Entró en el local realizando un peligroso vuelo rasante. Alguien, que andaba ojo avizor desde el interior, entrecerró de inmediato la puerta.

—¡Menudo aliento llevaba ese! —protestó Jorge mientras volvía a tapar su nariz con una mano—. ¡Hay que joderse con el tiparraco!

Los cinco amigos se miraron entre ellos con creciente desesperación. Julio, reaccionado enseguida, cerró el ordenador de Vicente e inició el primer paso para encaminarse calle arriba, hacia la esquina, donde asomaba la puerta de un bar.

—¿Viene alguien conmigo? Voy a ver si en ese establecimiento puedo cargar el ordenador. Se va a apagar dentro de poco —informó Julio—. Y eso es justamente lo que nos faltaba.

—Sí. Vayamos todos y así aprovechamos para tomar algo —propuso Jorge—. Tengo el estómago vacío y me está pidiendo ya que le meta algo sólido.

Patricia agarró de la mano a Hélène y ambos siguieron los pasos de Julio. Jorge pasó su brazo por el hombro de Inés y los dos marcharon con calma hacia la puerta del establecimiento donde ya se disponían a entrar los otros tres amigos.

10. Ya no cabe más nostalgia entre los brazos

Julio pidió un pincho de tortilla, acompañado de una cerveza. Patricia pidió lo mismo que su amigo. Hélène e Inés excusaron su poca hambre, explicando que tenían los estómagos especialmente alborotados y solo quisieron tomar una infusión de manzanilla. Jorge resultó el más osado de todos los amigos y pidió un bocadillo de chorizo frito acompañado de un café.

—¿Chorizo frito con café? ¿Estás seguro? —quiso saber Patricia.

—¿Por qué no? —soltó Jorge mientras tomaba asiento a la mesa donde ya estaban los otros cuatro sentados.

—A mí ya ves lo que me importa —indicó ella con ironía y echándose a reír—. Lo digo por tu salud. Yo tomo eso ahora y mi estómago explota como si fuera un petardo.

Julio echó una ojeada al ordenador de Vicente, que estaba cargando la batería en uno de los extremos de la barra.

El camarero se acercó hasta la mesa donde los amigos de Vicente estaban sentados y dejó allí las dos tazas humeantes donde había introducido los correspondientes sobres de manzanilla.

—Deberíais comer algo, chicas —aconsejó Patricia—. Puede que el día sea más largo de lo que pensamos y necesitamos mantener las fuerzas lo más intactas posible.

Un hombre que estaba apoyado en la barra y tomaba una cerveza, se acercó hacia donde estaba el grupo de amigos. Después de chistarlos con descaro, para llamar la atención de estos, les dijo, cuando los cinco le dirigieron la mirada:

—Escuchen ustedes… Ejem. Tengo que deciros algo importante.

Jorge se incorporó y se plantó en jarras.

—¿Le ocurre a usted algo, caballero?

—¿A mí? No, a mí no me ocurre nada —aseguró el hombre—. Pero me gustaría contarles una cosa. Me acerco a ustedes porque oí antes, desde la puerta de este bar, lo que le decían a aquel hombre que ha entrado en ese…, bueno, dejémoslo en ese antro, y chimpón.

—De tú, puede llamarnos de tú, se lo pido por favor —propuso Julio.

—Entonces llamadme de tú también vosotros a mí, ¿estamos?

—Estamos.

—Lo que quiero deciros es que ese lugar no es de mucho fiar. Sé lo que me digo. ¿A que sí, Jerónimo?, ¿a que sé perfectamente lo que me digo? —comentó el hombre dirigiendo su atención hacia el camarero, que terminaba de colocar en un plato el bocadillo de chorizo frito.

El camarero se limitó a elevar los hombros. Luego sacó uno de los pinchos de tortilla del microondas.

—Puedo contaros cosas que iban a tirar a más de uno de vosotros de espaldas contra el suelo —insistió el hombre y dio un trago de la cerveza que llevaba en la mano.

Héléne se removió en un ágil respingo y fue a taparse los hombros con sus propios brazos.

—¿A qué cosas se refiere usted? —preguntó sin disimular su angustia.

—Esto… ¿Nos tratamos de tú o de usted? ¿En qué hemos quedado al final? —preguntó el hombre.

—Perdón —se disculpó Patricia—. Cuenta todo lo que sepas de lo que ocurre dentro de ese sitio, por favor. Estamos impacientes por escucharte.

Julio acercó una silla y ofreció al hombre asiento en ella. Este se aposentó con la autoridad de la que goza alguien que tiene la información buscada por una audiencia expectante.

—Explícate, por favor —le rogó Julio.

—Lo siento, pero… yo no puedo decir mucho más de lo que sé… Lo que quiero comentaros es que no me extraña que fuera verdad nada lo que decías vosotros antes, eso que le ha ocurrido a vuestro amigo… Es muy posible que vuestro amigo esté ahí dentro, sí, retenido. No sería la primera vez que eso ocurre, ¿verdad que no, Jerónimo? ¿Verdad que no sería esta la primera vez que tengan a alguien ahí dentro en contra de su voluntad?

Y el camarero, que se acercaba a la mesa con una bandeja donde llevaba la comida y la bebida solicitadas por los comensales, se limitó a elevar los hombros. Fue dejando los dos pinchos de tortilla, las dos cervezas, el bocadillo de chorizo frito y el café en la mesa. Sin más, se dio la media vuelta y se dirigió hacia el interior de la barra.

En el bar también había también otro hombre, anciano, que saboreaba con esmero el contenido de una copa de anís. Estaba sentado a la esquina, junto a una ventana poco amplia. Ajeno a todo lo que ocurría a su alrededor, el anciano se relamía y cerraba los ojos cada vez que bebía un sorbito de su copa.

—Por favor, cuenta lo que ocurre en ese lugar. No te hagas de rogar tanto —pidió Inés con evidente desesperación en su mirada.

Hélène apoyó la frente en la mesa. Suspiró con esfuerzo. Julio la acarició, con calma, la base del cuello.

—¿A qué se refería usted cuando ha dicho...? Disculpa. ¿A qué te referías cuando has dicho que no sería esta la primera vez que retienen a alguien dentro de ese local?

—Pues, a qué voy a referirme. Lo que quiero decir, ni más ni menos, es que eso mismo ya ha ocurrido otras veces antes. Os lo acabo de explicar hace un momento.

—¿Tienes pruebas de eso que dices? —preguntó Julio con impaciencia y evidente nerviosismo.

—Bueno, uno sabe perfectamente cómo y dónde va sacando su información... No sé si me explico...

—¡No le hagáis caso, coño! ¡Este se entretiene inventando historietas porque se aburre! ¡No veis la pinta de mamarracho que tiene! —dijo Jorge antes de dar un soberbio mordisco a su bocadillo de chorizo frito.

—Tú siempre tan simpático, querido amigo —advirtió Patricia—. Así es como se hacen los buenos amigos, di que sí. Continúa por ese camino, colega.

—Dejad de atacad a Jorge, por favor —pidió Inés, intentando defender a su supuesto novio—. Todos estamos muy preocupados por la salud de Vicente y eso nos altera los nervios, pero debemos buscar el modo de tranquilizarnos —añadió después.

—Está bien, si molesto me voy —dijo el hombre, iniciando el ademán de levantarse de la silla.

—¡No, no le hagas caso! ¡Esta noche ha dormido muy mal y por eso está de tan mala leche! —informó enseguida Patricia.

—Pero es que me ha insultado, en mi propia cara. Ha dicho que vaya pinta de mamarracho que tengo.

—No le hagas caso, de verdad —sentenció Patricia—. Continúa con lo que nos estabas contando, por favor.

—Póngale otra cerveza —gritó de pronto Julio, muy oportuno, al camarero.

—¡Venga esa cerveza, pues! —dijo el hombre dando un palmetazo en el aire. Volvió a tomar asiento—. Quiero que sepáis que yo no miento nunca. Nunca —advirtió después el hombre, dirigiendo otra vez su atención hacia donde se encontraba el camarero. Le preguntó—: ¿A que es verdad que yo nunca miento, Jerónimo?

Y el camarero, tal como había hecho tantas veces antes, se limitó a encoger un poco los hombros.

—Pero eso que dices, ¿se sabe en el barrio? —preguntó Julio preocupado.

—¿El qué?

—Pues eso de que ahí, en ese local, retienen a gente...

—Eso lo saben hasta los ciegos de entendederas —interrumpió de un modo tajante el hombre.

—¿Y la policía? ¿La policía no hace nada?

El hombre negó despacio antes de seguir hablando.

—Los policías tienen familia, como todos nosotros. Yo puedo presumir de tener buenos amigos dentro del cuerpo de la policía y me cuentan cada cosa...

—¿Cómo que te cuentan cada cosa…? ¿Podrías ser un poco más explícito, por favor? —sugirió Patricia.

—Os aseguro que este no va a decir nada más que sandeces —amenazó Jorge al tiempo que terminaba su bocadillo dándole una última dentellada.

—¡Puedes dejarlo ya, por favor! —pidió Julio soltando un sonoro palmetazo sobre la mesa.

—Pues digo que me cuentan cosas, qué más puedo añadir —se justificó el hombre ignorando el último comentario de Jorge—. Creo que soy clarito como el agua. Me cuentan cosas que, cuando las oigo, me ponen los pelos como clavos en punta.

—No entiendo, no entiendo muy bien lo que este señor quiere darnos a entender… —explicó Héléne levantando con cautela la cabeza de la mesa.

—Yo solo digo que nadie se atreve a meter sus narices en las entrañas de ese antro de mierda. Ni en ese, ni en ninguno de los otros que hay en esta calle. Solo digo eso. Y, mucho menos, nadie se atreve a subir hasta los pisos que esa gentuza tiene en la parte de…

Inés se encogió de hombros, entrecerró los ojos. Jorge acabó su café de un sonoro sorbo.

—¿Y qué más? —añadió este, después.

—Debe haber ahí dentro no pocos energúmenos armados hasta los dientes, como suele decirse. Y esos tipos no son precisamente muy educados. Venderían a su madre por un simple puñado de billetes. Bueno, esto ya lo habréis comprobado vosotros cuando habéis hablado con ellos. Desde la puerta del bar, os he visto hacerlo. Aunque, creedme, ellas son mucho peor que ellos. Las de ahí dentro son unas hijas de la gran puta que no se las salta ni un monje, como suele decirse también…

El anciano de la esquina elevó un brazo para pedir otra copa de anís. Cabeceó con peligro después de emitir un quejido leve. El camarero, como solía hacer habitualmente, se limitó a elevar los hombros y agarró la botella. Salió de detrás de la barra con la botella de anís en la mano.

—¿Has entrado en ese sitio? —solicitó Inés con urgencia.

—No hace falta entrar ahí para saber lo que ocurre con esa gentuza. Soy del barrio, de toda la vida, y desde que tengo uso de razón paro mucho en este bar en el que estamos ahora. Vengo a diario. Hasta aquí llega toda la buena información, la fetén, creed lo que os digo. ¿Verdad que sí, Jerónimo?, ¿verdad que desde aquí se sabe todo lo que ocurre en ese antro y en todos los demás?

El camarero, al mismo tiempo que volvía a entrar a la barra, se giró hacia el hombre que le había preguntado y volvió a encoger, despacio, los hombros.

—¿Qué hacemos ahora? Porque algo tenemos que hacer, ¿no estáis de acuerdo? —preguntó Patricia dominada por un arrebato de inquietud y de pánico.

—Vicente, Vicente... —gimió Hélène con una insoportable lástima—. ¿Será verdad que te tienen secuestrado ahí dentro? *Mon dieu! Merde! Merde!*

—¿Llamamos a la policía? —preguntó de pronto Julio—. No nos queda ya otra opción. Considero que deberíamos pedir ayuda a la policía. Les contamos lo que está ocurriendo y, supongo que algo harán...

—Yo ya di mi opinión con respecto a eso de llamar a la policía —recordó Patricia.

—¿Y qué hacemos, entonces? —expresó Hélène.

—Yo pienso lo mismo que vuestra amiga. Llamar a la policía no os va a servir de mucho. Llamáis y vendrán, si es que quieren hacerlo. Si vienen, entrarán en ese asqueroso chisquero, si es que los dejan entrar, y si es que quieren entrar ellos. Y si entran, echarán un vistazo de compromiso y saldrán diciendo que allí dentro no está vuestro amigo. Después de eso, se habrá acabado todo el rollo. Yo no los llamaría. Perderéis el tiempo si lo hacéis. Sé lo que me digo. ¿A que sí, Jerónimo?, ¿a que yo sé perfectamente lo que me digo?

Y el camarero repitió, una vez más, el gesto débil e inconsistente de encoger un poco los hombros.

—Pero ¿cómo se atreve a decir este señor que se habrá acabado todo el rollo después de que la policía entre ahí a echar un vistazo? —preguntó Inés con la desesperación encajada entre los temblorosos labios—. ¿Para qué sirve, entonces, la policía?

—*Comme je suis misérable!*

—¿Para qué sirve la policía si no es para defender a los ciudadanos? ¿Me va a contestar alguien? —insistió Inés.

—La verdad es que eres una ilusa, querida —dijo Jorge estirando sus piernas y apoyando con descaro su espalda en el respaldo de la silla.

—Os lo he dicho antes —indicó el hombre—, la policía también tiene familia, como todos nosotros, y no quieren arriesgar su pellejo por nada.

—¿Por nada, dices?

—Claro, con esa gentuza no se acaba, arrestando solo a dos o tres de ellos. Esos de ahí, los que dan la cara, son puros *mindunguis*. Con esa gentuza se acaba haciendo frente a los jefes con toda la fuerza que se pueda, acabando con ellos. Con todos. Son una mafia muy peligrosa. En esta calle ha acampado una verdadera mafia de mierda. Pero esto ha ocurrido porque se lo han permitido los gandules que supuestamente nos defienden, vete tú a saber por qué, eso está más claro que el agua de un río. Están conectados los unos con los otros, para mí es algo seguro. A enfrentarse de verdad contra toda esa gente, nadie está dispuesto. Creedme, sé lo que me digo. ¿A que sí, Jerónimo?, ¿a que yo sé perfectamente…?

Pero el camarero esta vez modificó su gesto y fue a elevar los hombros con rapidez y exageración. Rezongó varias veces seguidas.

—¿Y si nos acercamos a hablar con un juez? ¿Qué os parece lo que se me ha ocurrido ahora? —preguntó Patricia empezando a animarse con su idea—. Le pedimos que obligue a la policía a registrar hasta el polvo que haya en ese sitio. Con una orden judicial, la policía sí estaría obligada a entrar, ¿no estáis de acuerdo?

—¡En eso del polvo has dado en el clavo, chica! ¡Y nunca mejor dicho! —dijo Jorge soltando una grosera carcajada.

—Pero ¡qué gracioso eres! —le increpó con saña Patricia.

—Los jueces están para otras cosas. Hacedme caso y esperad a que vuestro amigo salga, que lo hará antes o después. A esos no les conviene matar a nadie, creedme, que sé lo que me digo. Le habrán dejado ya la tarjeta de crédito tiritando y si no ha salido todavía es porque han visto que le pueden sacar mucho más. Cuando se cansen de él, lo soltarán y ahí acabará todo el cuento, ¿verdad que sí, Jerónimo?, ¿a que es verdad que lo que yo digo es real y transparente como el agua de un arroyo?

Pero, esta vez, el camarero no elevó los hombros porque andaba en ese momento atareado en levantar del suelo al anciano que tomaba la copa de anís y que había caído desplomado de la silla donde estaba sentado. La frente del anciano había quedado ensangrentada y brillaba tal como lo hace un lucero en plena noche.

—¡Jerónimo, espera que te ayudo con Fermín! —dijo el hombre incorporándose de un salto y acercándose hasta donde estaba el camarero.

Entre los dos consiguieron levantar del suelo el cuerpo del anciano. Finalmente lo acomodaron en la silla donde había estado sentado antes de desmoronarse.

Los cinco amigos se mantuvieron durante un instante en silencio. La tensión se apreciaba en los gestos de todos ellos, sus caras se mostraban contrariadas y con excesiva rigidez. Hasta que Jorge abrió un claro camino en la espesura de la atmósfera allí instalada, al decir:

—¡Joder, se acabó la tontería! ¡Propongo que entremos a saco en ese antro y nos liemos a hostias con toda esa gentuza! ¿Qué os parece mi propuesta?

Julio bajó la mirada. Las palabras que había escuchado por parte de Jorge le habían provocado un pavor terrible y casi insoportable de aguantar. Para deshacerse un poco del espanto que lo dominaba, pestañeó repetidas veces con implacable rapidez. Inés esbozó una siniestra sonrisa y negó despacio. Hélène se tapó los oídos con las manos abiertas. Patricia se levantó de la silla, llamó al camarero para pedir la cuenta y soltó con calma:

—A mí, lo que has propuesto ahora, me parece una auténtica maravilla... Vamos, no se me ocurre nada mejor que hacer que esto que dice aquí nuestro amigo —expuso con el gesto en suspenso de una mano que había empezado a elevar, cuyos dedos índice y anular no paraban de frotar sus yemas indicando al camarero a cuánto ascendía la broma.

Hélène, después de observar la cara de todos sus amigos, rompió a llorar. Un hipo incontrolable le fue marcando el ritmo de la respiración hasta conseguir atragantarla de un modo atropellado.

Patricia, tras observar la pantalla de su teléfono, reaccionó dando un poderoso respingo.

—¡Victoria acaba de dejarme un mensaje! ¡Están en el aparcamiento! ¡Qué nervios, a ver cómo se toma la pobre todo esto! Voy a buscarlos. Nos vemos dentro de un rato.

11. Incertidumbre de agua y menta

Patricia subía la calle abrazada a Victoria, la madre del desaparecido Vicente. Esta última iba sollozando. Escondía la cara entre sus manos. La silueta que formaban las dos a contraluz, parecía la sombra deformada por un brutal esperpento. Detrás de ellas dos avanzaban, desde la distancia, pero moviéndose con el paso ágil, Ana y su novio Fernando. Debido al ritmo de sus pasos, ambos sobrepasaron a las dos mujeres antes de alcanzar el lugar donde se encontraba el resto del grupo, que hacía empedernida guardia a la puerta del local donde estaba localizado el teléfono del desaparecido Vicente. Victoria, cuando se unió al grupo, elevó la mirada y se enfrentó con la compostura deshilvanada de Hélène, que parecía más un muñeco de trapo que hubiera sido arrojado a la calle desde cualquiera de las ventanas.

Victoria se atrevió a acariciar la mejilla de la otra mujer. Apoyó su frente en la frente de la otra.

—¿Cómo te encuentras, hija? —y añadió, mientras negaba con agilidad—: ¿Por qué has tardado tanto en decirme lo que ocurre? ¿Pensabas ocultármelo?

Hélène cabeceó con los ojos cerrados. Daba la impresión de que intentaba encontrar las palabras adecuadas para explicarse.

—¿Si no hubiera insistido en llamarte, no me habrías informado de nada?

Hélène elevó la mirada. Pestañeó muy deprisa antes de hablar.

—*Comment vas-tu,* Victoria?

—No entiendo lo que dices…

—¿Que cómo estás tú, Victoria?

La madre del desaparecido aguantó el aire en el interior de su garganta durante algunos segundos. Después, desvió su mirada hacia la puerta del local frente al que se encontraban todos. Soltó, de golpe, la bocanada de aire.

—De modo que el lugar es ese… —Y negó repetidas veces—. Eso qué es… ¿Lo sabe alguien? Ahí pone pub… Es, sin duda, un club de esos donde se alterna y donde… Aunque, así, visto desde fuera no parece un lugar… peligroso —Y soltó un sollozo leve—. ¿Vicente está ahí dentro…? ¿Sí? ¿Seguro que está ahí…? ¿Habéis entrado para comprobarlo? ¿Y por qué no lo habéis sacado a rastras?

Patricia e Inés asintieron con calma. Dirigieron su mirada hacia donde se encontraba Julio, que volvía a mirar, una vez más, hacia la pantalla del ordenador de Vicente.

Ana, presa de un arrebato, se abalanzó sobre la puerta del local. Inspeccionó a través de la ranura que quedaba abierta.

—¿Habéis entrado…, sí o no?

Julio afirmó, disimulando el gesto mediado de inseguridad tras una aparente sonrisa.

—Sabemos que su teléfono sí está ahí.

—¿Su teléfono? ¿Y él? ¿Él también está dentro?

Julio volvió a afirmar, pero esta vez esbozó un breve gesto que ofrecía una débil certeza.

—Y, como ha dicho mi madre, ¿si habéis entrado en ese lugar…, por qué no está mi hermano aquí con vosotros? ¿Se ha negado a salir? ¿Es eso lo que ocurre? Contestad, por favor.

Patricia se adelantó un paso. Negó repetidas veces, demostrando con ello que una angustia punzante e incansable la mordía a lo largo de toda la espalda.

—Dicen que tu hermano no está en el local. Los que trabajan en ese negocio aseguran que no tienen clientes ahora. Pero, como ha dicho Julio, sabemos que su teléfono sí que se encuentra den...

—Pero… —interrumpió Ana—. ¿Lo dicen los que trabajan en ese negocio o lo habéis comprobado con vuestros ojos?

—Y…, ¿quiénes son los que trabajan en ese…? —preguntó Victoria, al tiempo que se sumaba a la conversación—. ¿Vosotros los creéis…? ¿Creéis lo que os dice esa gente?

—No, no creemos a nadie. Claro que no. Por eso seguimos todos aquí… —murmuró Jorge, pero no se atrevió a decir mucho más.

—Y sí. Hemos entrado y no hay nadie.

—No mientas, Julio —le interrumpió Inés—. En ese antro todavía no hemos puesto un pie. Solo nos hemos asomado un poco. Apenas eso… Nada más que eso. Nos hemos asomado un poco y…

—Bueno, de acuerdo, no hemos entrado en el local, de acuerdo, pero ellos, la gente que trabaja ahí insiste en decir que Vicente no está dentro…

—¿Otra vez ellos? —murmuró Victoria con evidente indecisión y sorpresa.

Patricia empezó a masajear su cara con las palmas de sus manos. Estaba agotada por el cansancio que la provocaba tanta indecisión.

—¿Y por qué no habéis entrado todavía? —quiso saber Ana, y dirigió su atención hacia donde estaba Julio.

Este carraspeó. Removió la cabeza y se encogió de hombros.

—Quieren que entren solo ellas, las mujeres.

—¿Y? ¿Dónde está el problema?

—No has visto la pinta que lleva esa gente. Dan miedo solo con mirarlos —se adelantó a responder Inés.

Fernando abrazó a su novia Ana. La apretó con cariño por la cintura.

—¿Y qué ha dicho la policía? —preguntó de pronto Ana—. ¿Por qué no está aquí la policía? ¿O ya se ha ido?

—Verás, Ana… —balbuceó Patricia—. Todavía no hemos llamado a la poli…

—¡No entiendo…! —gritó Ana, cortando bruscamente el discurso de la otra mujer, y señaló con el dedo hacia la puerta del local de donde ya se alejaba—. ¿Decís que mi hermano está… retenido en ese lugar y aun no habéis llamado a la policía…? ¿Y eso por qué? ¿A qué esperáis para hacerlo?

—¿Cómo demostramos que a Vicente lo retienen contra su voluntad? Suponiendo que sea verdad que Vicente se encuentre ahí, claro. Lo hemos hablado entre nosotros. Sabemos que debemos esperar a que pasen, al menos, veinticuatro horas desde que Vicente desapareció… Bueno, desde que no tenemos noticias de él.

—Entonces… ¿Quieres dar a entender que mi hermano está ahí por su propia voluntad? ¿Dices que no contesta la llamada de nadie porque no quiere hacerlo? ¿Estás diciendo eso? ¿Se ha vuelto loco, de repente?

En ese instante, Jorge dio una enérgica patada a una lata de cerveza que había cerca de él. El estruendo del aluminio, mientras chocaba impetuosamente contra la fachada del edificio, mantuvo prendida la atención de todos.

—Acabo de decirlo. Me consta, Ana, que deben pasar al menos veinticuatro horas para denunciar la desaparición de alguien mayor de edad, alguien que tiene la conciencia plena y que es completamente responsable de sus actos —explicó Patricia.

—Bueno, eso de que tiene la conciencia plena lo dirás tú. Es evidente que algo le ha ocurrido hasta llegar a trastornarlo. Vicente no está en sus cabales, si decís que no ha salido de ese lugar desde ayer por la tarde… Él no hace semejantes tonterías, no. Él es incapaz de hacer eso. ¿O pensáis que estoy confundida?

—Ya, pero… Eso a la policía no le incumbe. La policía puede alegar que si ahora él no está en sus cabales, como tú dices, será debido a que ha tomado algo, esto es evidente, pero pueden decir que lo ha tomado voluntariamente. Creo que con eso quedamos totalmente desarmados.

—¿Y qué hacemos, entonces? —se aventuró a preguntar Victoria.

—Pues esa es la cuestión. No sabemos qué podemos hacer. Si a alguien se le ocurre algo…

—¿Y por qué no dejamos de hacer elucubraciones y nos ponemos manos a la obra? —preguntó Ana y, después, fue observando con detenimiento a cada una de las personas que la rodeaban—. Muy bien. No os preocupéis, llamo yo.

Ana sacó su teléfono del interior del pequeño bolso que llevaba colgado de un hombro. Marcó un número. Esperó. Los demás aguardaron con interés el momento en que contestaran la llamada.

—Buenas tardes —dijo Ana con prudencia—. Muchas gracias, sí. Verá, llamo para denunciar un secuestro. Bueno, perdón, quiero decir que llamo para denunciar una desaparición. Me explico. Mi hermano ha desaparecido, aunque sabemos dónde se encuentra —después de decir esto entrecerró los ojos con el fin de atender con detenimiento todo lo que le iban diciendo desde el otro lado de la línea—. Ya, pero... No, escúcheme usted a mí, por favor... Sí, he dicho antes que se trata de un secuestro porque está claro que tienen retenido a mi hermano en contra de su voluntad. En un local... Esto, lo sabemos, lo sabemos, claro que sí. Sí, yo la escucho, yo la escucho perfectamente... Pero, escúcheme usted a mí... Por favor... Pues, estamos en la calle... ¿En qué calle estamos? Espere un momento, por favor. Lo pregunto.

Ana separó el teléfono de su cara para informarse del nombre de la calle en que se encontraba el local en cuyo interior suponían que se encontraba Vicente. Julio le dijo el nombre de la calle y ella se lo comunicó a la agente con la que mantenía la conversación telefónica. Por los gestos que la mujer iba realizando, los otros denotaban que la conversación no avanzaba por el camino que todos deseaban. Después de varios minutos de discusión, y antes de que la conversación terminara, la hermana del desaparecido se dispuso a lanzar varios y repetidos gritos desesperados. Visiblemente enfurecida, Ana abrió su pequeño bolso y guardó el teléfono en su interior.

—¿Qué te han dicho? —inquirió Patricia, acercándose hasta donde estaba Ana, que empezaba a deambular calle arriba. Cuenta, por favor. No te alejes más. ¡Para ya!

—¡Hija! ¡Dónde vas ahora, por Dios! ¡Ven aquí y explícanos qué te han dicho!

Entonces, impelida por un arrebato de ira, Ana se dio la media vuelta. Regresó junto a los otros con el gesto arrugado y los puños apretados. Antes de hablar, recibió un beso de su novio Fernando en la mejilla. Él había buscado darle ánimos a ella con esa acción.

—¡Esa...! ¡Esa imbécil me ha dicho que debemos esperar! Dice que no queda otro remedio. ¡Pues si no queda otro remedio, a esperar toca, claro! Pero, yo no sé qué debemos esperar, no tengo ni la menor idea —se puso a explicar la chica entre gritos y ágiles aspavientos—. Me ha dicho esa..., me ha dicho que mi hermano es mayor de edad, que para denunciar su desaparición hay que aguantarse un poquito más, al menos debemos dejar que pasen esas veinticuatro horas de las que hablabas tú, Patricia, y entonces ya veríamos lo que se podría hacer. ¡Entonces ya verían lo que se podría hacer, me ha dicho la muy imbécil! ¡Me gustaría ver a su hermano en esta circunstancia, veríamos entonces qué haría en ese caso! ¡Veríamos si se resignaba a esperar, o no!

—¿Te ha dicho que aguantemos un poquito más? ¿Eso te ha dicho? ¿No ha querido informarse de qué va la cosa? —preguntó Victoria indignada.

—Como lo oyes. Sí. Lo más sorprendente ha ocurrido cuando la he soltado el nombre de esta calle. Ahí, la señora agente se ha puesto a suspirar y se ha mantenido en silencio durante varios segundos, segundos que a mí se me han resultado eternos... Yo creo que estaba partiéndose de la risa para sus adentros, estoy muy segura de lo que digo... No sé, esas cosas se intuyen a veces... Antes de cortarme la llamada, porque la verdad es que me ha dejado con la palabra a medio salir de la boca, me ha explicado que deberemos demostrar con toda claridad por qué suponemos que Vicente está secuestrado ahí dentro. Ha insistido en que pensemos muy bien en este asunto. Las llamadas que se hacen a la policía quedan grabadas, me ha advertido después. Y no es nada recomendable llamar a la policía para denunciar casos... inconsistentes, creo recordar que me ha dicho esto, sí, casos inconsistentes o algo parecido… No recuerdo la palabra que ha utilizado exactamente esa imbécil, pero, vamos, lo podemos suponer. A esa le ha importado todo lo que le he dicho lo mismo que le podría haber interesado una mierda de perro. En fin y en fin… ¿Qué hacemos ahora, chicos? ¡Hostias!

—Pues, como ha dicho la poli, esperemos un poquito más… No podemos hacer mucho por el momento.

—¡Malnacidos! —gritó Jorge al tiempo que se encaraba desde la distancia contra la puerta del establecimiento—. ¡Yo repito que debemos entrar ahí para rescatar a nuestro amigo! ¡Y, si es necesario, nos liamos a hostias con todos! ¡No queda otra! ¡Vamos, entremos de una vez!

—¡Hijo, por Dios! —exhaló Victoria apoyándose en la fachada que había frente a la puerta del local—. No nos revuelvas los nervios más de lo que ya los tenemos, por favor.

—*Cést très dangereux,* coño! —dijo Héléne antes de tomar asiento en el borde de la acera.

—Qué quieres decir con eso, chica —inquirió Jorge—. Aquí, la única que habla francés eres tú.

—Que eso que dices resulta muy peligroso para todos nosotros. Mucho. ¿Acaso quieres que nos maten, Jorge?

—Yo solo pienso en ayudar a mi amigo Vicente. ¿A ti se te ocurre que hagamos algo mejor que entrar ahí a saco y rescatarle?

—¡Sí, esperar, coño! ¡Esperar! —soltó Patricia desde un desencajado grito.

—Bueno, vamos a tranquilizarnos todos un poco, os lo pido por favor —fue proponiendo Julio con paciencia y determinación. Había dejado el ordenador en la acera y aventaba los brazos despacio—. Paremos por un momento a pensar. Es evidente que no vamos a enfrentarnos a esa gente. No creo que les incomode mucho meternos un navajazo, si nos ponemos pesaditos con ellos. A ver, ¿qué otra cosa podemos hacer, además de esperar?

Ninguno de los asistentes se atrevió a ofrecer nada. Hélène continuaba sentada en el borde de la acera. Cabeceaba con sospechosa resignación, como si hubiera entrado en un trance peligroso. Terminó apoyando las manos en el suelo, a su espalda, buscando de ese modo una postura más cómoda con la que relajar su acelerada respiración. Victoria quedó fuertemente abrazada a su hija Ana quien, a su vez, era abrazada al mismo tiempo por su novio Fernando desde la espalda. Patricia y Julio mantuvieron durante un tiempo una mirada fija y perseverante hacia la puerta del local. Pensaban qué podían hacer, pero no se les ocurría nada poderoso, nada que fuera posible de llevar a cabo sin poner en riesgo su integridad física. Jorge hablaba en voz baja con Inés, y esta cabeceaba con calma, aceptando todo lo que él la iba diciendo.

Una pareja de mujeres, ya entradas en años, asomó desde uno de los portales de la parte baja de la calle y se acercó con el paso firme hasta donde se encontraba el grupo de amigos de Vicente. Después de dar las correspondientes buenas tardes, una de las vecinas habló con la voz pausada y melodiosa.

—Perdonad que nos metamos donde nadie nos llama, pero es que os hemos estado viendo desde las ventanas de nuestras casas, esas ventanas de ahí mismito —dijo y señaló hacia algún lugar situado en la fachada de enfrente al local—. Solo venimos para deciros que tengáis mucho cuidado. Esa gente no es más que gentuza y nunca ha traído nada bueno a nuestro barrio.

—¡Son drogadictos y llevan pistola…! —advirtió la otra vecina, mientras iba bajando paulatinamente el volumen de su voz—. Y todo eso está plagadito de maricas y lesbianas… Y de obsesos y gente de mal vivir. Todos son de la peor calaña. De la peor.

La primera vecina la dio un codazo a la otra en el brazo para que no la interrumpiera.

—¡Hija, por Dios! —Se quejó la segunda vecina—. ¡Qué bestia eres! ¡Vaya hostia me has dado! ¡Ten cuidado con esos bracitos cuando te mueves!

—Pues, sí —fue revelando la primera vecina, que ignoraba el comentario de su acompañante—. Desde que llegaron todos estos, por aquí solo ha habido peleas y asuntos raros —prosiguió quien había comenzado a informar—. No creáis que son pocos los que protestan cuando salen de ese tugurio. Yo he visto cada sarao y cada película, que no os quiero ni contar para que no os caigáis de culo al suelo…

—Lo que no entiendo es para qué entra ahí nadie. Antes de entrar una ya se puede suponer lo que te va a ocurrir…

—¿Puedes dejar que me explique, Rufina? Tú, lo único que consigues es asustar a esta gente. así, sin más ni más.

—¿No hemos bajado las dos para hablar con ellos? ¡Si lo llego a saber, me quedo en casa, coña!

—Escuchadme bien. Tened mucho cuidadito con esos animales. Y es que ya lo dice mi marido: quien siembra vientos, provoca serias tempestades…

—Sí, mi marido dice lo mismo —indicó la otra mujer—. Mi marido también dice eso mismito de los vientos y de no sé qué.

—¡Lo que no se te ocurra decir para quedar siempre por encima de lo que yo diga, rica! Yo, a tu marido, nunca le he oído decir esto que dice el mío. Y mira que entre nosotros cuatro tenemos la suficiente confianza como para oírnos más que de sobra...

—Pues tú no se lo habrás oído decir nunca, querida, pero mi marido dice casi a diario eso de los vientos y de las tempestades y de no sé qué más historias raras.

—Pero si tu marido no sabe leer ni la guía telefónica, guapa.

—Pues eso, que para ti la perra gorda, rica. Y no te planto un tortazo, ahora mismo, porque hay aquí mucha gente mirándonos.

—Pues eso, para mí la perra gorda, querida, que nunca pide de comer.

Todos los componentes del grupo se mantuvieron atentos a la discusión que mantenían las dos vecinas. Hasta que Victoria lanzó un potente grito que provocó un inmenso colapso en el ánimo de todos los presentes.

Nadie se atrevió a abrir la boca para decir nada durante el tiempo que se mantuvo el eco de ese grito atroz y desgarrado, que había quedado rebotando entre las fachadas que encerraban con siniestra soledad la corta y angosta calle.

—¡Hay que fastidiarse! —soltó la primera vecina mientras elevaba la mirada—. ¡Hay que fastidiarse con esta asquerosa vida que nos ha tocado vivir!

12. Ágora ante la luz de una vela

El hombre, con el que los amigos de Vicente habían entablado una conversación en el bar cuando se acercaron hasta allí para cargar la batería del ordenador portátil y, aprovechando la ocasión, recuperaron en algo la fuerzas ingiriendo el necesario refrigerio, apareció en la esquina, cerca de donde estaba la puerta de aquel establecimiento. Portaba una silla en una de sus manos. En la otra llevaba una abultada bolsa. Tomó asiento en la esquina y, desde la distancia, se puso a observar al grupo de personas que buscaba al desaparecido Vicente. Luego se encendió con calma un cigarrillo. Fue exhalando el humo despacio, dejándolo pasar a través de su boca entreabierta. Al momento, quizá viendo que la apatía y el desconsuelo iba haciendo mella en los componentes del grupo, y con la supuesta intención de hacerlos reaccionar de un modo inmediato, el hombre se puso a gritar:

—¡Lo que tenéis que hacer es dejar de darle tantas vueltas al asunto! ¡Comprad una pistola, entrad ahí y liaros a tiros con todo *quisqui*! ¡No lo penséis más y hacedme caso! ¡Sé muy bien de lo que me hablo!

El rumor de una moto que se acercaba donde la esquina de la parte alta de la calle rezongó con creciente rumor, hasta que el ruidillo se perdió, como molesto zumbido de mosca, perderse entre la pegajosa melancolía que provoca toda distancia. Victoria lanzó un lamentó que llegó a superar en poco la barrera de sus labios, quedando colgado en ellos como rastro de niebla espesa.

—Bien —dijo Fernando mientras dibujaba con su mirada la longitud de la corta calle en la que se encontraban él y los demás—. Una calle donde no hay coches aparcados, y donde escasea el tráfico… Esto es una auténtica delicia.

—Fernando, por favor… —le advirtió Ana, meticulosa como era para los comentarios innecesarios.

El hombre de la bolsa, sin esperar más, se incorporó de la silla, alzó la bolsa con una de sus manos y dijo:

—¡Os he bajado bocadillos y agua! ¡Cuando tengáis hambre, o sed, me lo decís! ¡No paséis calamidades, chicos, os aconsejo que no paséis calamidades! ¡Eso nunca interesa, si se puede evitar! ¡Y sé de lo que me hablo! ¡Aquí vamos a estar todos para ayudaros!

Patricia dirigió una mirada frágil y desmoronada hacia Julio, que decidió agarrarla con fuerza de la mano.

—¿Qué hacemos ahora? —preguntó ella mirando con preocupación a los ojos de su amigo—. ¿Esperamos a que pase el tiempo como si fuéramos pasmarotes?

Julio torció la cabeza y ofreció un gesto inacabado. Jorge, reaccionando, se adelantó hacia el centro de la calzada y ofreció la enorme energía que contenía en el interior de sus puños. Apretó el gesto en su cara, demostrando con ello que una ira nada desdeñable acometía con creciente fuego desde el interior de su cuerpo.

—¡Yo me apunto a lo que acaba de decir ese tipo! ¡Entramos ahí y nos liamos a hostias con todos los que se nos pongan delante! ¡Hay que sacar ya a Vicente de ese… antro de mierda! ¡Estamos tardando en hacerlo!

—Eso no es lo que ha dicho ese hombre —le corrigió de inmediato patricia, oportuna siempre para corregir a su amigo—. Ha dicho que compremos una pistola y nos liemos a tiros con todos ellos, no que entremos con las manos vacías y nos liemos a puñetazos con nadie.

—Lo que tú digas, guapa, lo que tú digas —dijo Jorge. Y paró un momento para pensar lo que iba decir después—. Bien. ¿Alguien sabe dónde podemos comprar una pistola?

—No. Ni me interesa saberlo, esto es evidente.

—¡Jorge, por favor…! —exclamó Ana.

—Pues, nada. Entonces sigamos aquí, en medio de esta callejuela de mierda, cruzándonos y descruzándonos de brazos, diciendo tontunas, mientras nuestro amigo Vicente se encuentra en serio peligro. Nada, venga, sigamos como hasta ahora.

—El único que dice tontunas aquí que eres tú, querido amigo —quiso sentenciar Patricia—. ¿No se te ocurre hacer nada mejor que enfrentarnos a golpes contra una banda de…? ¿Eh? ¿Tú sabes pelear, acaso? ¿Sabes disparar un arma? ¿Eres capaz de enfrentarte a alguien que seguramente esté acostumbrado a pelear con bestias?

—¡Por Dios…! —esbozó la madre del desaparecido Vicente—. ¡No sigáis con lo mismo…! ¡Os pido a todos que, por favor…! ¡Por favor, me oís!

Y, de pronto, se estableció un silencio denso y pegajoso durante varios segundos, un silencio parecido al que se utiliza para atrapar a las moscas cuando merodean cerca de la miel.

Hélène, presa de un ataque de nervios que la mordía en la misma base del cuello, y que la zarandeaba la cabeza con la peligrosa inquietud y violencia de unas feroces dentelladas, y la apelmazaba el trayecto necesario que marcaba la fisonomía de su espalda, hasta llegar a estrujarla como si fuera un débil muñeco de trapo, rezongó con ansia y, para defenderse de estos bullicios ataque, decidió esconder su rostro entre las manos abiertas. Empezó a emitir un sollozo que iba creciendo poco a poco en intensidad y volumen. Hasta que consiguió recoger, en el estertor de ese gemido largo y contundente, la atención de todos los asistentes. Incluso las dos vecinas, que habían quedado apartadas a la vera del grupo varios metros abajo, sintieron en sus carnes la punción de una herida que entraba y se hundía despacio hacia donde se encontraba la base de sus corazones.

El novio de Ana reaccionó abrazando con severidad el cuerpo encogido de Hélène. Para protegerla de lo que fuera que la atacaba, recogió la cabeza de ella entre el regazo de su pecho y de sus brazos. La dejó allí escondida durante mucho tiempo.

—Entremos —sugirió de pronto Inés con la serenidad que proporciona una decisión ya tomada y meditada a propósito—. No perdemos nada si lo hacemos. Que quieren que entremos solo nosotras, pues venga, vamos allá. ¿Esos nos van a asustar? Pagamos una copa o lo que sea, a mí me da igual, pero entramos y echamos un garbeo por todo el interior del local. No dejamos ni un solo escondite por revisar. Es el peaje que debemos abonar para saber si Vicente está escondido ahí dentro —fue indicando hasta que guardó un momento de silencio. Después, concluyó—: ¿Vamos? ¿Alguien me acompaña?

Jorge, emocionado por las palabras de Inés, fue a dar un ligero salto y ofreció un impecable gesto de satisfacción.

—Me alegro de que la idea haya salido de ti, guapa. A lo mejor a ti sí te hacen caso —indicó él expresando una inconfundible ironía en su voz—. Quiero advertir que me sumo a lo que acabas de proponer. No creo que corráis ningún peligro allí dentro. Somos muchos los testigos que estamos en esta calle. Nosotros, esas dos señoras de ahí, el tipo ese… Seguramente también nos estén observando desde alguna otra ventana. Si os ocurriera algo, entonces sí que podríamos obligar a la policía a entrar en ese lugar sin contemplaciones, y arrasaría con todo.

—Pues, por una vez, tienes razón, esa es la verdad … —dijo Patricia rubricando con el gesto fláccido de una mano lo que acababa de decir el otro.

Fernando asintió repetidas veces y explicó con la calma que le caracterizaba siempre que se disponía a hablar:

—Cierto. Por una vez, una idea que es realmente una locura, porque esto no hay quien lo dude, se ofrece como la única posibilidad que nos lleva a actuar con sensatez.

—Como se nota que es médico —advirtió Ana—. Da gusto oírle.

—¿Es que los médicos no hablan como lo hacemos todos los demás? —preguntó, invadida por la curiosidad, Inés—. Pues esta es la primera noticia que tengo, chica. ¡Ja, ja, ja!

—Os lo pido por favor —dijo Victoria, acudiendo a la ayuda de su yerno—. ¿Ibas a decir algo más? Creo que Inés te ha interrumpido.

Fernando negó despacio.

—¿Y si nos echan algo en la bebida y nos retienen a nosotras, también, ahí dentro? —preguntó Ana angustiada.

—¡En ese supuesto caso la policía no podría eludir su responsabilidad! —explicó Julio con toda la razón de su argumento—. No te preocupes, esperamos un tiempo prudencial y, si no salís, avisamos de inmediato a la policía.

—Existe un riesgo, claro que existe un riesgo… —balbuceó Inés—. Debo ser sincera, y puedo decir que a mí me asusta mucho entrar en ese sitio, pero… Ya lo ha indicado también Fernando, ¿qué otra cosa podemos hacer? Puede que Vicente esté ahí tirado en un sillón, o lo tengan escondido, no lo sé. Si no entramos, no podremos dejar de elucubrar y así no avanzaremos nunca.

—Entonces, ¿vamos? —requirió Patricia dando varias palmadas al aire para recomponer su maltrecha fortaleza.

—A mí me vais a disculpar… —fue a decir Hélène sin dejar de sollozar todavía—, solo me quedan fuerzas para quedarme aquí sentada, en esta acera. Si entro en ese local es seguro que me desmoronaré y eso va a ser mucho peor para todos. Disculpadme, lo digo de verdad, yo no puedo moverme...

Victoria alargó un brazo y regaló una delicada caricia a la mejilla de Hélène.

—Claro que estás disculpada, hija. No te preocupes.

—De acuerdo, entonces entramos nosotras tres —decidió Patricia dirigiendo su mirada hacia Inés y Ana—. ¿Preparadas?

Pero Victoria protestó con euforia, advirtiendo:

—¡Yo también pienso entrar en ese lugar con vosotras, os pongáis como os pongáis!

Patricia asintió despacio, dando por admitida la propuesta realizada por Victoria. Se le habían agotado ya las ganas de discutir.

Las otras tres mujeres se acercaron cabizbajas hacia la puerta del local. Patricia las siguió. Esta última dirigió su mano hacia el timbre que había en el lateral de la puerta, pero una advertencia a tiempo de Jorge la obligó a dejar la mano en alto.

—Han dicho que esa puerta está siempre abierta y, por lo que vimos antes, les toca mucho las narices que suene ese timbre —explicó Jorge.

—Tened mucho cuidado, chicas —añadió Julio abriendo otra vez el ordenador y dirigiendo su mirada hacia lo que aparecía en la pantalla.

Desde los labios encogidos, Fernando lanzó un beso hacia Ana, que le dirigía una mirada furtiva antes de entrar en el local. Ambos se sonrieron entre sí con vibrante emergencia.

Patricia, ya decidida para empezar a actuar, empujó la puerta. Asomó la cabeza hacia el interior y reclamó con su voz, para ser atendida. Enseguida salieron a recibirlas dos señoritas, que iban vestidas con unas largas batas semitransparentes, a través de las cuales se dejaban ver unas diminutas piezas de fina lencería de encaje. Una de las mujeres salió a la calle y se adelantó hasta donde estaba Jorge. Le agarró por el brazo y tiró de él.

—Vamos, papito, tú ven conmigo.

El hombre que lucía los tatuajes florales en la superficie de su cuerpo y en gran parte de la cara, apareció en ese momento a la puerta. Invitó a pasar a las amigas de Vicente hacia el interior del local, pero las cuatro avanzaron tan solo un par de pasos. Permanecieron quietas a poca distancia de la espalda del hombre, esperando la señal definitiva que las permitiera entrar en el infierno. El hombre se cruzó de brazos en el vano de la puerta. Chistó a la mujer que tenía a Jorge agarrado por el brazo y que no dejaba de insistir en tirar de él.

—Lo dije antes, esos no entran —advirtió el hombre de los tatuajes—. Que se jodan, por payasos. Se las van a tener que apañar ellos solitos con sus manitas, aquí en la calle, como hacen los mismísimos monos, imaginando lo que están haciendo sus mujercitas aquí dentro con nosotros —añadió y ofreció luego una amplia y serena sonrisa—. ¿Qué, mamones? ¿Cuándo pensáis largaros de aquí? Me estáis asustando a la clientela con vuestras mierdas, y eso me hincha los huevos.

Jorge balbuceó algo que no llegó a entenderse bien. Julio se adelantó para decir:

—¿Y no podemos llegar a un acuerdo pacífico entre todos? Sea usted razonable, por favor. Les pagamos una copa cada uno, si así lo quieren ustedes, pero déjennos entrar para buscar a nuestro amigo. Ya le dije antes que vamos a perder el avión…

—Nos consta que el teléfono de nuestro amigo se encuentra en esta misma localización en la que se haya su negocio, caballero —dijo Fernando cabeceando con energía—. Deben ustedes permitir que nuestro amigo salga.

—Vamos a ver… —advirtió el hombre de los tatuajes—. Me tenéis hasta los cojones. ¿Me oís? ¡Se acabó la hostia! —dijo llevando su mano hacia el cuchillo que asomaba a la parte trasera de su cinturón—. ¿Cómo es vuestro amigo, joder?

Julio se adelantó para responder con atrevimiento:

—Pues… Más o menos tiene media estatura, quizá es un poco más alto que yo… Un metro y setenta y pocos centímetros, diría… Pelo corto, castaño, delgado… Cuarenta y tantos años, algo más joven que todos nosotros… Es el más joven de los amigos… De buen ver… Viste vaqueros y, supongo que también llevará un suéter… A él le gusta vestir con un suéter o una camiseta… Se llama Vicente.

—Ayer salió con unos vaqueros y una camiseta color caqui tirando a marrón más oscuro —aportó Hélène, que estaba todavía sentada en el borde de la acera, sin dejar de dar la espalda hacia la puerta del local.

El hombre de los tatuajes reaccionó girándose hacia el interior del establecimiento. Después de apartar con un brazo de un modo agresivo y maleducado a Patricia, Ana, Inés y Victoria, preguntó a gritos hacia el interior:

—¡Escuchad todas, hostias! ¡Alguna de vosotras ha visto al amigo de esta gentuza? ¡Decidlo sin miedo! ¡Dicen que va con unos vaqueros, que mide uno setenta y poco, y lleva una camiseta color marrón! ¡Eh! ¡Venga, salid aquí y explicádselo bien a estos mamones! —gritó y después, con el fin de ocultar una ligera e irónica sonrisa que ablandaba el gesto en su boca, fue a taparse los labios con el envés de una mano.

Varias mujeres asomaron enseguida a la puerta. Negaron todas a la vez. Entre ellas, mezcladas como si se tratara de una improvisada manifestación callejera, estaban, invadidos por la incertidumbre y el desánimo, las dos amigas y la madre y la hermana del desaparecido Vicente.

—¡Hay alguien con vosotras ahí dentro, ahora, sí o no? ¡Contestad a estos *pesaos*! ¡Hay alguien ahí dentro con vosotras en estos momentos!

Una de las mujeres contoneó sensualmente sus caderas y se atrevió a decir:

—Nada. Una pena penita. Desde anoche estamos nosotras aquí solas, dispuestas para la guerra total —Y luego guiñó un ojo hacia donde se encontraba Julio.

—Suéltalo ya —ordenó el hombre de los tatuajes a la mujer que no se cansaba de tirar del brazo de Jorge—. ¡Vamos, todas *pa* dentro! Y vosotras —dijo dirigiéndose hacia las amigas de Vicente—, venid conmigo. ¡Me tenéis hasta lo más profundo del orto! ¡Mirad donde os salga de los ovarios, venga, y dejadnos en paz de una puta vez!

El hombre entró cuando la última de las empleadas del local lo hizo. Dejó la puerta entrecerrada, tal como acostumbraba a dejarla siempre.

A los pocos minutos, antes de que los hombres que esperaban ante la puerta empezaran a sentirse nerviosos, las cuatro mujeres salieron a la calle. Victoria se agarraba el cuello con las dos manos.

—¿Para qué habrá querido entrar mi hijo en este lugar? ¡Ahí dentro no hay más que putas maleducadas y ansiosas!

Hélène se incorporó despacio, pues las fuerzas empezaban a fallarle de un modo ya considerable. Se acercó hasta donde había parado la comitiva de mujeres.

—No, hay dentro no está Vicente… —reveló Inés—. Ahí dentro no hay nadie, salvo la gente que trabaja en ese lugar.

—Cierto —dijo Patricia con inquietante pesar—. Nadie, pero lo que se dice nadie —Y fue alternando su mirada hacia uno y otro de los que estaban allí reunidos—. Ahí dentro tampoco está el hombre que atravesó esa puerta antes, ¿os acordáis de él? Por lo visto, también ese… se ha esfumado como el humo de un cigarrillo. —E hizo con sus dedos el inconfundible gesto de iniciar el vuelo hacia lo más alto.

Después de que las palabras de la mujer dieran el último coletazo sonoro, se instaló, allí mismo, en plena calle, el más asombroso de los silencios. Unos y otros se dirigieron intrigadas miradas de sospecha. Nadie se atrevió a abrir la boca por un tiempo. Hasta que Julio, claramente asustado, dijo:

—Entonces, ya no queda duda alguna de lo que hacen con la gente que accede a ese sitio… —susurró—. El hombre que entró con la misma tajada de un piano, y lo hizo delante de nuestros propios ojos, también ha desaparecido.

En un arrebato de cólera, Jorge avanzó hacia la puerta del local y la empujó con energía. Esto provocó que el hombre de los tatuajes saliera de inmediato, con imprevisible ímpetu, y empujara con violencia a Jorge hacia el exterior, donde trastabilló y estuvo en un tris de caer de espaldas contra el suelo. Ya apostado a la puerta, el hombre de los tatuajes sacó su enorme cuchillo y amenazó con su filo hacia la cara de Jorge.

—¡Como vuelvas a acercarte por aquí, te rajo, hijo de puta! ¡Piraos todos de esta calle o me cago en todo lo que se mueve…! ¡Largaos ya! ¡Me habéis oído, sarasas!

A la espalda del hombre de los tatuajes volvió a aparecer, como hiciera en la ocasión anterior, el otro hombre corpulento. Fue advirtiéndole algo en el oído al del cuchillo. Enseguida, los dos entraron en el local, dejando la puerta entreabierta como tenían costumbre de hacer.

—¡Yo lo he visto! —gritó entonces el vecino desde su parapeto de la silla donde se había instalado, en la esquina de arriba de la calle, junto a la puerta del bar—. ¡Yo he visto cómo ese os ha amenazado con un arma! ¡Si queréis, hago de testigo! ¡O es que no pensáis hacer nada para joder a toda esa gente?

Hélène sufrió un inesperado desmayo. Estuvo a punto de caer de cabeza desplomada, pero la agilidad de Fernando lo impidió. Con calma y profesionalidad, la extendió a lo largo del suelo. Luego se dispuso a abanicar la cara de la mujer con la palma de una mano.

—Pedid algo en el bar, por favor. Un café está bien. No os preocupéis, no la ocurre nada serio. Lo que sucede es que le ha bajado la tensión. Un café o una Coca-Cola. Cualquiera de las dos bebidas estará bien —indicó Fernando.

—¿Hacemos algo más? ¿Llamamos a algún sitio? —preguntó Patricia, angustiada.

—No, no es necesario. Se va a recuperar enseguida. Todo esto se debe a los excesivos nervios acumulados a lo largo del día. No es nada grave. Y no me extrañaría que, si esta cruel aventura que estamos viviendo, se alarga durante mucho más tiempo, alguien más sufriera otro ataque similar al de Hélène.

El hombre, con la silla en una mano y la otra cargada con la abultada bolsa, se acercó hasta donde estaba tendida la mujer.

—Aquí llevo refrescos. Tengo Coca-Cola. También puede comer algo, si usted lo considera adecuado —dijo el hombre depositando la bolsa y la silla en el suelo y dirigiendo su atención hacia Fernando.

—Muchas gracias —repuso este, mientras agarraba la lata que el hombre le entregaba—, esta bebida la resucitará enseguida. Oiga, caballero… —se atrevió a preguntar Fernando al tiempo que miraba al otro hombre con fijeza a los ojos—, ¿usted no tiene miedo de que esa gente le haga daño?

El hombre soltó enseguida una sincera carcajada.

—¿Daño a mí? *Ña.* Nada de nada. Verá usted, yo tengo muchas amistades en la policía y esa gentuza lo sabe bien. Por eso, yo, para ellos, soy intocable.

—Pues entonces tiene usted mucha suerte, sí que la tiene —advirtió Julio.

—De cualquier manera, yo me andaría con mucho cuidado —le aconsejó Fernando mientras elevaba la cabeza de Hélène y llenaba la boca de ella con el líquido de la lata—. Parece que esa gente no es de mucho fiar. A mí me producen realmente pánico —añadió y entreabrió un poco más la boca de Hélène, que parecía empezar a reaccionar poco a poco—. Tranquila, bebe tranquila. Así. Despacio.

—Pues yo me cago en la cabeza de todos esos, ¿sabe usted? —reconoció el hombre—. Lo que yo quiero es que alguien dé cuanto antes su merecido escarmiento a toda esa gentuza, ¿me entiende usted lo que le digo? Eso es lo único que yo quiero que ocurra en esta calle. ¡A ver si consigo verlo antes de irme al hoyo! —Y el hombre estiró sus dedos índice y meñique, y apoyó las yemas de estos dedos en su frente.

Patricia, repitiendo la acción que había llevado a cabo el hombre, fue a tocar enseguida la pared con la punta de sus dedos índice y meñiques estirados. El hombre se alejó unos pasos calle arriba, cargando otra vez con la silla y la bolsa. Dejó la silla en la acera, donde la esquina, y tomó allí asiento con calma. Apoyó la bolsa en una de las patas de la silla. Un camión cisterna, de esos que limpian las calles con su intenso chorro de agua y su estruendoso sonido, asomó por la zona alta de la calle y empezó a bajar con su peculiar avance lento y de aspersor incansable.

13. La autoridad cabe, a veces, en la palma de una mano

Después de sufrir tan larga y angustiosa espera sin conocer todavía el paradero del desaparecido, pues esa espera estaba resultando en exceso larga e infructuosa hasta el momento, Ana había decidido que ya habían alcanzado ese punto inevitable en que ellos, los amigos y familiares de Vicente, eran y serían en adelante incapaces de avanzar por sus propios medios hacia la resolución de ese desagradable y cada vez más complicado asunto de la extraña ausencia de su hermano, y que solo la intervención de los policías era la única posibilidad real para dar con el modo más adecuado en resolverlo. Por eso había agarrado su teléfono y, sin consultarlo antes con nadie, había vuelto a llamar. Tuvo que armarse de paciencia antes de marcar el número. Mientras esperaba que respondieran la llamada, respiró profundamente. Eran las seis de la tarde y todos estaban agotados por el empuje y el arañazo siempre brutal que provoca la más incansable de las incertidumbres. Cuando contestaron, fue explicando con determinación la gravedad del problema y, añadió, había transcurrido más que un tiempo prudencial desde la desaparición de su hermano, aunque no se hubiesen cumplido con exactitud las veinticuatro horas. Una hora más o una hora menos para marcar ese momento fatídico de la desaparición, era ya poco importante, explicó. Repitió que tenían localizado su teléfono desde el primer instante gracias a un programa de internet que lo vinculaba al ordenador del desaparecido. También fue indicando que nada sabían de este, que era su hermano, repitió, pero que seguían llamándole con insistencia y no recibían respuesta alguna, pese a que siempre sonaba la melodía de la llamada, lo cual resultaba más que sospechoso. Tampoco contestaba a los mensajes enviados, pese a que estos eran puntualmente leídos. Ante la obstinación de Ana, que estaba decidida a no dejarse convencer en modo alguno por la agente con la que estaba hablando, y, tras advertir que allí, con ella, además de varios amigos de la víctima estaba también la madre de él, que estaba empezando a sufrir una angustia incontrolable, y que también habían acudido al lugar varios vecinos, provocando con todo ello que la alarma en la zona fuera creciendo de un modo escandaloso, la agente policial que la atendía accedió finalmente a enviar a algún miembro del cuerpo para ver qué se podía hacer. Pero no sabía decirle, explicó luego la agente, cuánto tiempo tardaría en acudir la patrulla, pues esto ocurriría cuando alguna de estas quedara libre, ya que en ese momento todos los agentes disponibles estaban resolviendo asuntos para los que se había requerido también su presencia y atención.

Ana colgó y esbozó una blasfemia. Después, dijo, algo más calmada:

—Si no es porque me planto y me pongo pesada… ¡Qué gente más insoportable!

Inés se acercó a Ana con atrevimiento. La preguntó, para salir de dudas, aunque andaba con fundadas sospechas acerca de la posible respuesta que iría a recibir:

—¿Con quién hablabas? No me digas que has llamado otra vez a la poli.

Pero Ana se alejó hasta donde estaba Fernando y se agarró al brazo de él. Recibió un beso de su novio en la boca.

—¿Has notado si el teléfono sigue en el mismo lugar? —preguntó Ana, suspirando, a Julio—. ¿No se ha movido?

Este afirmó con rotundidad.

—No se ha movido ni un solo milímetro —respondió él, que cerraba en ese momento la pantalla del ordenador y se lo colocaba debajo del brazo.

Jorge estiró su cuerpo mientras producía un gemido exagerado, largo y elástico.

—Hijo, ¿no ves que hay gente delante…? —le recriminó Patricia—. Compórtate un poquito y bosteza con moderación...

—Ya —dijo Jorge sin advertir la mirada que todos le dirigían en ese momento—. Pues, Ana, debes saber que has hecho muy bien volviendo a llamar a la policía. Al menos hay alguien entre nosotros que se decide por hacer algo útil. Además, que esos mamones se merezcan el sueldo que ganan, esforzándose un poquito. No cobran solo por respirar. Vamos, creo yo que no cobran solo por eso… A ver cuánto tardan ahora en dar la cara.

—¿Sí, Ana? ¿Es cierto lo que dicen Inés y Jorge? ¿Has llamado a la policía? ¿Sin consultarlo con nadie? —quiso saber Patricia.

—¿Es que no la habéis oído hablar? —expresó Jorge abriendo mucho la boca y marcando por segunda vez un bostezo especialmente desagradable y sonoro—. A ver si estamos a lo que debemos estar y no a la luna de Valencia —añadió enseguida.

—Muy gracioso, sí —le interpeló Patricia.

—Vicente es mi hermano —advirtió Ana mientras se cruzaba de brazos—. Y no necesito pedir el permiso de nadie para ayudarlo. Aunque, no sé, vamos a ver lo que tarda esta gente en aparecer por aquí. Lo mismo nos tiene a todos esperando hasta mañana.

Patricia ofreció las palmas abiertas de sus manos, como si intentase con ello disculparse por su pregunta, y dando por buena, pero de un modo obligado y a regañadientes, la voluntaria e individual acción tomada por la otra mujer.

—No seas agorera, hija, verás como no ardan ya mucho… —protestó Victoria. En ese momento, la mujer tuvo que apoyar una de sus manos en la pared, para evitar que su cuerpo se derrumbara. Fernando se acercó a ella con agilidad y la sujetó por la espalda.

—¿Victoria, te encuentras bien?

—Me siento bastante… mareada. No sé, me fallan las piernas. Ayúdame a sentarme…, por favor.

El hombre que estaba sentado en la silla, y que se había instalado ya muy cerca de la puerta del local frente al que deambulaban todos, se incorporó. Anduvo espabilado para acercar la silla hasta el lugar donde se encontraba Victoria.

—Siéntese aquí, por favor —dijo ofreciendo la silla y ayudando también a Victoria a tomar asiento en aquella.

—La policía va a venir cuando solo se le ponga en las narices —dijo una de las vecinas, que se disponía a abanicar en ese instante la cara de Victoria con las dos manos abiertas.

—No crea que esa va a resultar una buena idea —repuso Fernando hacia la vecina—. Cuanto menos agobiemos a la señora, mejor para ella. Debemos dejarla espacio libre para que respire. Espacio libre, se lo ruego —e indicó con un brazo alargado hacia la zona más elevada de la calle.

—Yo solo pretendía echar una mano, caballero.

—Lo sé. Y se lo agradezco encarecidamente. Pero, repito, debemos dejarla el suficiente espacio para que respire…

—Sí que habla como un médico, sí. Esto no hay quien lo dude —advirtió Ana acercándose a Fernando y dándole un beso en la mejilla.

Desde alguna ventana que estaba abierta, salió el clamor de varias voces que celebraban, al unísono y con estruendo, el gol que se había marcado en ese momento en el partido que estaba siendo televisado.

—¿Sería usted tan amable de darle a la señora una Coca-Cola, por favor? —pidió Fernando al hombre de la silla—. En caso contrario, si ya no le queda alguna, me acerco hasta el bar y… De cualquier manera, dígame cuánto le debo por todo.

—Faltaría más —soltó el hombre de la silla con invencible contundencia—. No me debe usted nada. Es evidente que no. Usted pida todo lo que necesite. Mientras yo pueda proporcionárselo… —dijo y elevó los hombros con energía—. Vamos a ver si en la bolsa queda todavía alguna coca… Sí, todavía hay dos. Tome. ¿Alguien quiere la otra? —dijo ofreciendo la bebida en alto.

Nadie le contestó.

Patricia, Julio, Inés y Jorge se habían alejado algunos metros de la puerta y, entre ellos, mantenían una conversación privada. Hablaban en todo momento en voz baja. Parecía que tuvieran la clara intención de ocultar a los demás el fondo del asunto que estaban tratando.

Hélène había encontrado el necesario escondite en la acera de enfrente, donde permanecía sentada desde hacía tiempo. De vez en cuando gemía, pero esto lo hacía debido más al cansancio acumulado que a la desesperación.

—Si quieren ustedes, les bajo algo para comer de mi casa —propuso el hombre de la silla a Fernando—. Ya les dije antes que vivo aquí al lado. No tengan ustedes problema en pedirme lo que necesiten —informó mientras Victoria boqueaba con ansia, en el intento de recuperar cuanto antes el aliento.

—Bebe un poco más —aconsejó Fernando a la mujer—. Verás como esto te reconforta en poco tiempo.

—Este señor tiene razón —intercedió de pronto una de las vecinas—. Deberían comer ustedes algo. Si quieren yo les bajo una tortilla que hice esta misma mañana. Tiene cebolla, pero supongo que, en un momento como este que estamos viviendo todos, eso a ustedes les dará igual.

—Muchas gracias por su ayuda —dijo Patricia mientras se acercaba con los otros hacia el lugar que ocupaban las dos vecinas y el resto de los allí presentes—. Oigan, señoras, escuchen, no se sientan ustedes ofendidas por lo que voy a decirles, pero suponemos que sus maridos las estarán esperando a estas horas en su casa, ¿no lo creen ustedes? Llevan ya mucho tiempo haciéndonos compañía. Y se lo agradecemos de verdad. Pero… se ha hecho muy tarde y...

—¿Que nos esperan nuestros maridos en casa, dice usted? ¡Qué va! Ahora estarán muy juntitos y felices viendo ese partido de fútbol que echan desde el extranjero. Seguro que los que han gritado han sido ellos. Mire. Nos lo han advertido varias veces antes de que bajáramos, a las dos, para que los dejáramos la tarde libre. Creen que nosotras somos tontas y no nos enteramos de las cosas. Nosotras no nos chupamos los dedos, como hacen muchos de por ahí. Están televisando un partido que se juega allá donde Cristo perdió el gorro, figúrese usted si eso está lejos. Y, según creo, es un partido muy importante.

—Es que, para qué vamos a negarlo, entre todos estamos montando un lío, aquí, en plena calle, de padre y muy señor mío. Y no sé si eso nos beneficiará en algo… —explicó Patricia plagada de dudas—. Yo creo que deberíamos quedarnos aquí solo los familiares y los amigos de nuestro querido Vicente…

—De ninguna de las maneras os dejo solos ante esa gentuza —advirtió el hombre de la silla—. Yo me quedo aquí, en esta calle, con vosotros, para todo lo que necesitéis.

—Nada, nada —añadió una de las vecinas—. Cuantos más seamos, mucho mejor para vuestro amigo. La bulla no le interesa a esa gente. Esos huyen de los jaleos —reveló la otra vecina.

—*Qu'est-ce qu'ils t'ont fait, chérie?* —murmuró Hélène desde su asiento en el bordillo de la acera—. *Qu'est-ce qu'ils…*

Todos dirigieron su mirada hacia donde estaba la mujer. Victoria le preguntó qué había querido decir con aquellas palabras. Y Hélène, dedicándole una mirada lánguida y débil, explicó:

—¿Qué han hecho contigo, querido…? ¿Qué han hecho contigo…?

Un silencio abrumador se instaló de inmediato entre los cuerpos agotados de los asistentes a ese acto cruel por la búsqueda del desaparecido Vicente. De repente, sin que nadie lo esperara, desde lo lejos surgió el sonido, que se hacía cada vez más creciente e inconfundible, de la alarma de un coche de la policía.

—¿Son ellos? —preguntó Hélène emocionada y levantándose con esfuerzo de la acera—. ¿Vienen ya hacia aquí?

—Bueno, bueno —soltó el hombre de la silla—, pues esta vez sí que se han dado prisa —exclamó—. Aunque, ya os advierto que la policía no va a meterse en la boca del lobo. Esto lo digo para que no os llevéis luego un disgusto. Hay muchas pistolas en ese lugar y la policía tiene una familia a la que cuidar, como ocurre con la mayoría de todos nosotros. Pero creo que esto ya lo expliqué antes, en el bar.

Instantes después, la patrulla de la policía hizo su aparición desde lo alto de la calle. El coche descendió con rapidez. Frenó bruscamente en el punto en que se encontraban todos. Sin apagar el motor del vehículo, los dos agentes bajaron. Uno de ellos saludó llevándose la mano a la sien y dijo:

—¿Quién de ustedes nos ha llamado?

Ana se acercó al policía que acababa de preguntar. Le explicó en pocas palabras el estado de la situación.

Los dos policías intercambiaron sus miradas. El que no había hablado todavía, dijo:

—Vuestro amigo se encuentra dentro de ese local. ¿Ese es el asunto?

—Sí —intervino Julio—. Los energúmenos que trabajan ahí nos han prohibido la entrada a nosotros, a los hombres. A ellas sí las han dejado echar una mirada y, al salir, han dicho que no han encontrado a nadie en el interior. Pero la señal del teléfono de nuestro amigo está marcada en este punto de la calle. ¿Lo ven ustedes? —Después de informar, marcó en la pantalla del ordenador con la punta de un dedo.

Por la parte más baja de la calle, que ascendía hasta donde se encontraban todos, alguien alzaba los brazos y saludaba efusivamente al grupo. Se trataba de Alberto, que avanzaba con la respiración acelerada. Mientras se iba acercando, decía desde la distancia:

—¡Coño, menos mal que al final me has dicho dónde estáis! ¡Me tenías muy preocupado, Julio! ¡Muy preocupado!

Al llegar, saludó primero a Julio, a quien dio un beso en los labios. Una de las vecinas golpeó entonces con disimulo con el codo a la otra. Entre risas, murmuró:

—¿Has visto? Estos dos son de la acera de enfrente…

—Calla, chica, calla… —dijo la otra vecina. Y las dos escondieron sus risas, agachando las caras con un gesto indudable de timidez.

Alberto se plantó en jarras en medio de la calle y contó sus novedades, dirigiendo su mirada hacia donde se encontraba Hélène:

—Vicente no está en vuestra casa. Me he acercado a mirar. Ahí no había nadie. Y, Patricia, también he ido a tu casa y he sacado a la perra a dar un corto paseo. La pobre se había orinado en el pasillo. Pero, no te preocupes, lo he limpiado todo lo mejor que he podido. ¿Cómo va la cosa? —preguntó después y dirigió una ojeada conjunta hacia el grupo allí reunido...

Todos se dirigieron entre sí unas miradas silenciosas y claramente plagadas de inquietud.

Patricia rompió entonces el silencio, diciéndole a uno de los policías:

—¿Se van a quedar ustedes ahí mirando como dos pasmarotes, o han venido aquí para hacer algo útil?

Uno de los policías reaccionó avanzando con resolución hacia donde estaba Patricia. Llevó una mano al lugar en el que colgaban las esposas. Fue a agarrarlas, pero el otro policía lo sujetó por el brazo y, negando con la cabeza, consiguió que el otro se tranquilizara. Ambos aguardaron un momento sin realizar acción alguna, hasta que Victoria soltó con intención un desesperado grito:

—¡Pero a qué esperan ustedes para ayudar a mi hijo! ¡A qué están esperando ustedes! ¡Es que no me oyen!

Con agilidad inesperada, una rata fue a meterse en el agujero que marcaba la alcantarilla en la acera, pocos metros más abajo. El gato que perseguía a la rata quedó husmeando por los alrededores de la alcantarilla, y en su gesto, mediado y torcido, podía apreciarse el desagradable resultado de la resignación.

14. Ese turbio camino que se desvanece mucho antes de alcanzar el horizonte

Todos comprobaron cómo la figura del portero de la finca a la que pertenecía el local donde se suponía estaba el desaparecido Vicente, bajaba tranquilo y dicharachero desde la parte más alta de la calle. Iba silbando una melodía alegre. Antes de llegar donde estaba reunido el grupo, el hombre paró. Dejó en el suelo la bolsa con la que cargaba. Observó a unos y a otros, aparentemente asombrado por lo inesperado del encuentro. Tras reparar en la presencia de la policía, el hombre carraspeó, agarró la bolsa y avanzó unos pasos rápidos hacia donde se encontraban estos.

—¿Estaban ustedes esperándome, quizá…? —aventuró el portero. Pero enseguida se anticipó ante cualquier comentario que pudiera hacerle alguien—. Pido disculpas por mi tardanza. La verdad es que me ha surgido otro problema serio, lo mismito que me ocurrió esta mañana. Pero me parece muy exagerado que llamen ustedes a la policía por eso…

—Usted nos dijo que pensaba aparecer por aquí a las cinco y media de la tarde. Y son ya las siete —precisó Julio.

—Ya. Pero también les dije que yo, los sábados por la tarde no trabajo de portero en esta finca, de modo que... No tenía la obligación de venir, quiero que esto quede muy claro… Me he acercado solo para hacerle una chapuza a un vecino. Un favor, vamos. No creo que llegue a pagármelo como debiera.

—Como está viendo, nosotros seguimos aquí plantados —se interpuso Ana, que soltaba, con un movimiento brusco, su mano de la mano de Fernando.

—¿Todavía no ha salido… su amigo? —preguntó el portero realmente sorprendido. Entonces, se le ocurrió decir algo que consideraba importante—. No sé si saben ustedes, señores agentes, que hay salidas en la parte de atrás. Son salidas que no son nada fáciles de ver, así, de buenas a primeras… —Pero al observar el gesto serio de los dos policías, añadió—: Creo que esto ya lo saben ustedes, claro que sí…

—¿Lo han oído? —comentó a viva voz uno de los policías—. Ahí está la solución a todo este asunto—. La persona que ustedes buscan seguramente ha salido por la puerta de atrás.

—No. Nuestro amigo sigue ahí dentro —precisó Julio señalando hacia el ordenador que mantenía abierto y encendido en una de sus manos—. Al menos su teléfono está ahí dentro. ¿Por qué no comprueban esto que les digo?

—¡Mi hijo, por favor, ayuden a mi hijo! ¡Todo esto es una locura insoportable!

Los dos policías observaron en silencio el gesto compungido que encogía el cuerpo de Victoria. Ana se acercó a ella para abrazarla.

—Escúchenme todos —ordenó uno de los policías, cabeceando mientras meditaba acerca de lo que iba a decir—. Vuelvo a repetirles la pregunta que les hice antes: ¿han comprobado si la persona a la que buscan no está en su casa? Como ha dicho hace un momento mi compañero, esa persona que buscan ha podido salir por la parte de atrás sin que ustedes lo hayan visto.

—He explicado ya todo esto que comentan ustedes, señores agentes. Lo he hecho nada más llegar. ¿No recuerdan lo que dije? —contestó Alberto que levantaba un brazo, para indicar quién de todos los allí reunidos estaba hablando—. Y, sí, lo he comprobado. Nosotros tenemos las llaves de la casa donde viven Vicente y Hélène. Todos tenemos las llaves de todos, por si surge una emergencia, claro que uno nunca puede imaginar que esta necesidad de hoy podría llegar a hacerse realidad… Antes de venir aquí me he pasado por la casa de ellos y he comprobado que la casa está vacía. Pero esto es lo primero que ha salido de mi boca nada más…

—¡Van a ayudarnos a buscar a mi hijo o no piensan ustedes hacer nada de nada! ¡Dios santo! ¡Dios santo! ¡Qué desgracia más grande! ¡Dios santo!

—¡Sí, estos señores van a hacer algo, o han venido aquí para reírse de nosotros! —soltó de un modo enérgico Ana mientras deshacía el abrazo hacia Victoria.

Ante la reacción de uno de los policías, que tuvo otra vez el incipiente arrebato de llevar una mano hacia donde estaban sus esposas, el otro le paró agarrándole del brazo. Le hizo un gesto con la cabeza, por segunda vez, para que tuviese paciencia y permaneciese quieto durante un momento. Después, dijo:

—De acuerdo. Vamos a echar un vistazo ahí dentro. ¿Dicen ustedes que el local es ese? —preguntó señalando hacia el local en cuestión. Todos afirmaron sin dudarlo.

Cuando el policía se disponía a llamar al timbre, la mayoría del grupo le advirtió que la puerta ya estaba abierta y que debía pasar sin llamar, pues enfadaba en exceso a los de dentro que se pulsara ese timbre, esto lo habían comprobado. Pero, tras pensarlo mejor, el agente decidió no hacer caso a la recomendación recibida y apretó el timbre de llamada. Luego se cuadró, elevó la barbilla, irguió todo lo que pudo su torso. El otro policía quedó esperando algunos pasos detrás. Ambos, con calma, colocaron una mano en la cartuchera donde guardaban la pistola.

Segundos después, el hombre de los tatuajes abrió la puerta con extremada violencia, pero apaciguó el gesto agresivo de su cara al enfrentarse con la mirada del policía.

—Buenas… ¿Qué desean… ustedes? —dijo el hombre de los tatuajes esbozando una sorprendente, forzada y ligera sonrisa.

El policía saludó llevando su mano hacia la sien.

—Buenas tardes. Esta gente asegura que ahí dentro se encuentra alguien al que, dicen, ustedes tienen retenido contra su voluntad. —El hombre de los tatuajes esta vez ofreció una sonrisa amplia y exagerada. Luego soltó una breve e irónica risita—. ¿Nos permite usted entrar a echar un vistazo? Así nos quedaremos todos más tranquilos.

De inmediato, el hombre de los tatuajes se apartó para dejar el paso libre al policía. Este entró, seguido de su compañero. Arrebatado por la necesidad de la impaciencia, el hombre de los tatuajes, después de buscar con la mirada, encontró su objetivo, que era Jorge, y lo amenazó directamente con el gesto de cortarle el cuello con el perfil de una mano, como si esta fuera un afilado cuchillo. Jorge reaccionó adelantándose con valentía un paso, para encararse con el otro, pero la agilidad con la que reaccionó Patricia le impidió que culminara del todo su acción. «¿Vas a estarte quieto, coño?», le dijo la mujer mientras le agarraba con fuerza del brazo. El hombre de los tatuajes desapareció de la mirada de todos, al sumirse en el interior del local. Como había ocurrido las veces anteriores, la puerta quedó entrecerrada.

Ana agarró su teléfono y marcó un número.

Un momento más tarde, los dos policías asomaron a la puerta. Tras despedirse del hombre de los tatuajes, que cabeceó con energía y entró en el local, volviendo a dejar la puerta entrecerrada, los policías se dirigieron hacia todos los asistentes allí reunidos.

—Señores, debo informarles que ahí dentro solo está la gente que trabaja en el negocio. Hemos revisado los papeles y todo lo tienen en regla. Licencia, permisos y demás. También hemos preguntado y nadie ha visto a la persona que ustedes dicen que ha desaparecido.

—¿Y el teléfono? —preguntó Patricia, mostrando especial interés hacia la posible respuesta—. ¿Han buscado el teléfono de nuestro amigo?

—Nada de nada. Al menos donde hemos mirado nosotros, ese teléfono del que ustedes hablan no estaba.

—Tampoco han oído su melodía. Hemos llamado mientras ustedes estaban dentro —explicó Ana.

—Tampoco, señora. Lo siento. No hemos oído nada.

—Pero… —balbuceó Julio—. Vimos entrar ahí también a un hombre. Iba muy borracho. Fuimos testigos de lo que digo quienes estábamos en ese momento aquí, delante de esta puerta. Eso no nos lo hemos imaginado, porque nosotros hablamos con él. Les aseguro que ninguno de nosotros lo ha visto salir. ¿Y estaba ahí dentro ese hombre? No, ¿verdad que no? ¿Y pueden decirnos ustedes dónde está ese señor? Se ha esfumado como el humo. ¿Toda la gente que entra en ese sitio desaparece? ¿Eso no les resulta a ustedes sospechoso?

Uno de los policías negó repetidas veces. El otro encogió los hombros y ajustó la correa donde llevaba la pistola.

—El portero de la finca ha informado que existen puertas en la parte trasera del edificio, ¿no es así? Ahí tiene usted la respuesta exacta a su pregunta, señor. Puede que los clientes prefieran salir por la parte de atrás para que nadie los vea…

En ese momento, el portero asintió con rotundidad ante el último comentario que había realizado el policía. «¡Ahí le ha dado usted, señor agente, sí, ahí le ha dado usted, sí, en el mismísimo centro de la diana!», dijo. «La gente sale tan mamada de ese sitio que no quiere que la vean dar tumbos de elefante loco», añadió después.

Unos y otros intercambiaron miradas que bullían entre el miedo y la indecisión. Alguien carraspeó para romper el silencio.

La madre de Vicente, sintiéndose desamparada e indefensa, lanzó un soberbio y sonoro suspiro que, por un momento, arrebató de angustia a todos los presentes. Hélène reaccionó volviendo a tomar asiento en el bordillo de la acera que había frente a la puerta del local. Rodeó su cuello con sus dos manos. Cerró los ojos. Después, bajó la cabeza, fijó su atención en una rendija abierta que había en medio de la calzada y que la recorría a lo largo de varios metros hacia abajo, hacia donde aparecía la plaza.

Un momento más tarde, Jorge reaccionó dando golpes contra el aire con uno de sus puños y soltó varios improperios. Ana y Fernando se apretaron de la mano. Se dedicaron una mirada dominada por la desesperación. Patricia elevó la mirada y tragó una enorme bocanada de aire. Inés hacía tiempo ya que había decidido deambular calle arriba y calle abajo, en silencio, sin hacerse notar. Julio insistía en dedicar toda su atención en lo que le ofrecía la pantalla del ordenador del desaparecido Vicente. Las dos vecinas se hacían cruces ante la desgraciada situación que estaban viviendo todos. El hombre de la silla seguía los acontecimientos a la vera de su bolsa, alejado unos metros. De vez en cuando ofrecía algo de comida o de bebida con la voz ya mediada. Finalmente se acercó al grupo para ofrecer otra vez la silla a Victoria, que le respondía negando con severidad.

—Esto es lo que hay, señores. ¿De acuerdo? —anunció de pronto uno de los policías—. Ahora les tengo que rogar a todos que abandonen esta calle y marchen a casa. No pueden estar interrumpiendo la circulación.

—¿A qué circulación se refiere usted? —quiso saber Patricia, realmente ofendida y desilusionada por el desagradable desarrollo de los acontecimientos—. Por aquí no ha pasado ningún coche desde que nosotros llegamos. Solo ha circulado una moto… Y de eso hace ya un montón de horas —sentenció y habló alzando la voz hacia la audiencia allí congregada—. ¡Visto lo visto, es evidente que a nuestro amigo lo han trasladado a alguno de los pisos de arriba! —Y después se dirigió hacia uno de los policías—. ¿Por qué no suben ustedes y miran? Sabemos que, por lo menos, el teléfono de nuestro amigo sí está por ahí arriba. Y, que yo sepa, los teléfonos no deciden por sí mismos dónde van o dejan de ir.

El portero se adelantó para informar al policía que había recibido la reprimenda de parte de Patricia.

—Esta señora tiene razón en lo que dice. El local conecta con algunos de los pisos de arriba. Aunque, solo conecta con algunos, añado.

—Para hacer eso que dice usted necesitamos una orden judicial, señora —advirtió el policía dirigiendo su atención, y mostrando su malestar, hacia Patricia.

—Pues ya está tardando usted en pedirla.

—¿Y con arreglo a qué justificamos la orden delante del juez?

—Con arreglo a que nuestro amigo Vicente ha desaparecido en el interior de ese edificio y con arreglo a que esa gente lo tiene retenido contra su voluntad. ¿Esto no le parece a usted suficiente justificación?

—Es que todo lo que me dice usted, señora, es una suposición suya. Solo se trata de una suposición que no se puede plantear delante de un juez.

—Querrá decir que es una conjetura, señor agente, no una suposición.

—Viene a ser lo mismo.

—De ninguna de las maneras. El lenguaje existe para entenderse, no para usarlo de cualquier modo.

—Yo quiero decir lo que quiero decir, señora. ¿Quizá está usted intentando reírse de un representante de la autoridad?

—Estoy intentando decirle que a nuestro amigo lo tienen retenido ahí dentro en contra de su voluntad. De no ser así, por qué no contesta a nuestras llamadas ni a nuestros mensajes. ¿Es que de repente, un señor que ha sido hasta el día de hoy un hombre responsable y que es profesor universitario, se ha vuelto loco y ha decidido disfrutar viendo sufrir a su madre, a su hermana, a su novia y a sus amigos más íntimos? Pensar esto sí que puede ser considerado una locura, señor agente de la autoridad. Solo puedo añadir que estamos muy preocupados y hartos de todo esto. ¿Me ha oído usted bien, señor representante de la autoridad?

—Dejadlo ya, por favor —intervino Ana aportando algo de calma a la, cada vez, más acalorada conversación que mantenían el policía y Patricia—. Así no vamos a conseguir nada de nada, si no es ponernos todos mucho más nerviosos de lo que ya estamos. Por favor, discúlpela usted, señor policía. Se lo ruego.

El policía, entendiendo la difícil situación que vivían todos, afirmó con determinación.

—Lo que sí les puedo aconsejar a todos ustedes es que se dirijan a la comisaría y pongan la correspondiente denuncia —señaló—. La comisaría está en la calle de al lado. A partir de ahí, nosotros veremos cómo debemos actuar.

—¡Pero esto es realmente inaudito! ¡No van a hacer nada más ahora! ¿De verdad que no? ¡Son ustedes unos…!

—¡Qué somos nosotros, dígame! —se encaró el policía girándose con agilidad hacia donde estaba Julio, cuya cara ardía debido a un cruel y espontáneo arrebato de indignidad—. ¿Quiere usted que nos le llevemos esposado? ¿Quiere usted eso?

—¡Parece mentira que en lugar de ayudarnos, dediquen ustedes su tiempo a maltratarnos y a ningunearnos! ¡Es que no pueden ser ustedes un poco más sensibles ante lo que está ocurriendo aquí? —Interpeló de pronto Fernando—. No se marchen de este lugar sin resolver antes todo este altercado, se lo suplico.

—¿Y usted quién es exactamente, caballero?

—Yo soy el novio de la hermana del desaparecido. Soy médico. Me llamo…

—¡Déjelo, por favor! Déjelo —Y el policía se esforzó en buscar el lugar desde el que todos pudieran escucharle sin dificultad—. ¡Atiendan ustedes un momento, por favor! ¡Atiéndanme todos! ¡Deben desalojar esta calle de inmediato! ¡Es una orden que nos han trasladado nuestros superiores! ¡Si quieren poner una denuncia, diríjanse a la comisaría, cosa que les aconsejo que hagan cuanto antes! ¡El resto que marche a sus respectivas casas! ¡Entendido! ¡Aquí, en medio de la calle, no pueden estar!

—¡Esto es un escándalo! —gritó el hombre de la silla mientras se alejaba hacia la parte superior de la calle, cargando con su silla y la bolsa, ya bastante mediada con respecto a su volumen inicial—. ¡Quiero que sepan que informaré de inmediato al comisario de todo su comportamiento!

Las dos vecinas se agarraron con fuerza por el brazo y, temerosas hacia la orden seria y contundente que había emitido el policía, se fueron alejando hacia donde se encontraba su portal, pero lo hacían sin prisa, pues no querían perderse de ninguna de las maneras el último detalle de lo que pudiera ocurrir allí en la calle donde ellas dos vivían.

El resto, los familiares y amigos íntimos del desaparecido Vicente, permanecieron ante la puerta del sospechoso local. Nadie quería, ni se atrevía, a mover ni un dedo.

—¡Han oído lo que acabo de decir! —gritó el policía, esta vez, con mayor contundencia que antes.

—¡Lo hemos oído perfectamente, señor agente! ¡Lo hemos oído todos perfectamente! —advirtió Julio.

—Si quieren, pueden llevarnos a todos arrestados. Pero no pensamos movernos de aquí hasta que sepamos dónde está nuestro amigo —se atrevió a decir Jorge.

—Muy bien. —Y, decidido, el policía agarró su intercomunicador para informar puntualmente a la comisaría de todo lo que estaba sucediendo con esa gente que se negaba a obedecer una orden de la autoridad.

15. A la vera del calvario permanece aún la humeante ceniza

Victoria, acompañada de su hija Ana y del novio de esta, salía del bar cuando Julio, alarmado, lanzó un enérgico grito de aviso.

—¡Se mueve! ¡Se está moviendo! ¡Mirad, miradlo todos!

Patricia, que estaba bajando hacia la plaza para dar un paseo, se giró impulsada por la emoción y echó a correr hacia donde estaba Julio. Hélène reunió las pocas fuerzas que le restaban para saltar desde el borde de la acera, donde permanecía sentada. Jorge e Inés también reaccionaron con celeridad y enseguida acudieron a la llamada de Julio. Cuando todos estaban reunidos en torno al ordenador, este volvió a decir:

—¡La señal se está moviendo en el ordenador! ¿Lo veis? ¿Lo estáis viendo?

Todos reaccionaron con un brote alegre de satisfacción y entusiasmo.

—¡Nosotros vamos hacia la parte de atrás, por si sale por allí! —indicó Jorge, reaccionando con celeridad e iniciando sus primeros pasos hacia la parte superior de la calle. Inés le siguió a la carrera. La hermana de Vicente y Fernando decidieron, también, tomar ese camino.

—¡Nosotros vamos también! ¡Ocho ojos siempre ven bastante más que cuatro!

—¡Tened mucho cuidado, por Dios! —advirtió a gritos Patricia a quienes ya se disponían a alcanzar la parte más alta de la calle.

De pronto, Hélène arqueó sus cejas con exageración. Miraba fijamente hacia la pantalla de su teléfono, que empezaba a sonar.

—¡Es Vicente! ¡Me está llamando Vicente! *Mon dieu!*

—¡Contesta, rápido, contesta! —pidió la madre del desaparecido.

Hélène pulsó la tecla para atender la llamada.

—¿Sí…? ¡Sí! ¿Vicente? ¡Vicente! ¡Vicente! ¡Eres tú…! ¡Qué alegría, *mon dieu*! Escucha… ¿Dónde estás? ¡Dime dónde estás!

—¡Ay, madre, de verdad que yo casi creía que no íbamos a volver a verle jamás! —dijo Patricia tapándose la cara con las manos. Recibió un impulsivo abrazo por parte de Julio, que un momento antes había cerrado el ordenador y lo había depositado en el suelo.

—¡Sí, te oigo, cariño…! ¡Te oigo muy bien…! ¿Cómo estás, dime…? ¿Te encuentras… mareado…? ¿Sí…? Ya. No, no, escucha, quédate donde estés… No te muevas, por favor. ¡No, no vayas al metro, quédate quieto donde quiera que estés ahora, no andes más, por favor…! ¿Cómo…? ¿Que te duele mucho la cabeza…? Ya, ya me lo has dicho… Estás muy mareado… De acuerdo, luego…, luego me explicarás… No, yo no estoy ahora en casa… Ahora, hazme caso y escucha… Quédate donde estás, por favor… Dime una cosa, ¿estás en la calle? ¿Sí? Bien. ¿Te suena la zona donde te encuentras ahora…? No te preocupes. Quédate quieto, por favor, quédate quieto y no te muevas —de repente tapó el auricular de su teléfono con la palma de una mano y dirigió su atención hacia Julio—. ¡Llama a Jorge! ¡Dile que Vicente ha salido a la calle! ¡Que lo busquen y lo traigan hacia aquí! ¡Que lo busquen, que lo busquen! ¡Vicente está en la calle y por aquí, por esta puerta, no ha salido! ¡Ha tenido que hacerlo por la parte de atrás!

Julio hizo caso a la petición de Hélène y llamó a su amigo de inmediato.

—¿Que no sabes qué día es hoy...? —prosiguió Hélène con la conversación—. No te preocupes por eso, ahora, cariño. Escúchame... ¿Ves a alguien conocido cerca de donde estás tú? ¿No...? Mira bien, por favor. Mira bien. Pero no avances, no te muevas de donde estás. Tú eleva los brazos para que te vea la gente... ¿Sigues sin ver a nadie conocido...? ¿Dices que estas solo? ¿No hay nadie más por ahí...? ¿Qué ocurre ahora...? ¡Tranquilo! ¿Dime qué ocurre ahora, Vicente...? ¡Dios, ha colgado! ¡Me ha colgado!

—¡Vamos hacia arriba! —propuso Patricia—. ¡Aquí ya no hacemos nada! —Y añadió—: Por esta puerta no ha salido nadie y si Vicente dice que está en la calle... ¡Vamos, vamos!

—¡Sí, venga, vamos! —aceptó Julio agachándose con agilidad para recoger el ordenador del suelo.

—¡Dios mío! ¡Dónde está mi hijo! ¡Dónde está mi hijo, por Dios!

Patricia, Julio, Héléne, Victoria y Alberto echaron a correr todo lo deprisa que pudieron, calle arriba. Antes de culminar del todo el angustioso ascenso, aparecieron en la esquina Jorge, Inés, Ana, Fernando y... el desaparecido Vicente. Estos avanzaban cabizbajos y en silencio. Vicente ofrecía un aspecto totalmente desaliñado. Los que ascendían por la calle pararon de repente. Observaron, con tristeza y estupefacción, la cara desencajada que ofrecía Vicente. Tenía arañazos en la frente, en la cara. Sus labios estaban atravesados por una herida fresca. Llevaba las uñas manchadas de sangre ya seca. Se había orinado en los pantalones, pues la enorme mancha multicolor en la entrepierna así lo indicaba. Por la parte de atrás de los pantalones se dibujaba otra mancha, más amplia y oscura que la anterior. Él, desconcertado, paró y dirigió una sorprendida mirada a cada uno de los allí presentes. Cuando clavó su mirada en Hélène, pestañeó con rapidez y la preguntó entre balbuceos: «¿Hoy es… mañana?»

Ella le entregó una mirada tan blanda como el vapor de una gasa suave y grácil.

Pero él, tras bizquear con esfuerzo, insistió: «Dime, Hélène… ¿Hoy es mañana?»

En un instante fue rodeado y abrazado por todos. Unos y otros le fueron dando besos en la frente, palmetazos en la espalda.

—¿Cómo te encuentras, hijo?

—¡Sí! ¡Cómo estás, cómo estás!

—¡Vicente, Vicente, coño, estás vivo!

—¿Qué hacéis todos aquí? ¿Por qué estáis todos… juntos en esta calle? —preguntó realmente sorprendido el, hasta el momento, desaparecido Vicente.

—¿Cómo te encuentras, hijo? —repitió Victoria—. ¿Te han hecho mucho daño…, hijo? ¿Qué te ha ocurrido…?

Vicente observó a su madre con los ojos encogidos y el gesto a medio hacer.

—Estoy… muy aturdido, mamá. Bastante. Me duele bastante la cabeza... Y me cuesta abrir los ojos…

—Me alegro tanto de volver a verte, chico —aseguró Jorge mientras palmeaba el carrillo del otro con efusividad.

—Jorge…, ¿cómo estás tú? Hace mucho tiempo que no nos vemos. Qué casualidad verte por aquí, ahora, ¿no?

—Cariño…, ¿qué hacías ahí dentro? ¿Por qué has entrado a ese lugar…?

Vicente dedicó a la mujer que le había hecho este último comentario, una mirada inquieta, irreflexiva.

—Ahí dentro..., ¿dónde? No sé a qué te refieres... —Y miró a su alrededor—. Todo esto me suena... ¿Dónde estamos? Bueno, estamos en Madrid, esto sí lo sé, pero... ¿O no...? ¿No estamos en Madrid...?

—Está despistadísimo —comentó Inés.

—¿Te acuerdas de mí?

De pronto se hizo el silencio. Vicente miró a quien le acababa de preguntar. Entornó un poco los ojos para definir mejor la figura de quien tenía delante.

—¿Cómo no me voy a acordar de ti...? —respondió Vicente con el gesto desconcertado y desquiciado en la cara—. ¿A qué viene esa... pregunta? No recuerdo ahora tu nombre, pero... Eres mi cuñado, esto sí que lo sé muy bien. —Luego dirigió su atención hacia el resto de las personas que componían el grupo y que le agobiaban con comentarios que para él resultaban un tanto inoportunos y fuera de lugar—. ¿Qué haces tú aquí, también...? —Y señaló a Inés con un dedo estirado—. Hola, Julio. Tú también has venido... Y, Alberto. Habéis venido los dos. ¿Estabais celebrando algo entre todos...? ¿Y qué estabais celebrando...? ¿Por qué no estaba yo con vosotros...?

—¿De verdad que no tienes idea de qué ha ocurrido, Vicente, ni dónde has estado hasta ahora? —preguntó Ana acariciando con calma la cara de su hermano—. Has estado desaparecido desde... —Y tuvo que tapar su cara con las palmas de sus manos para evitar que el sollozo que la perturbaba creciera y acabara en llanto.

Vicente se limitó a negar con indecisión.

—¿Yo..., desaparecido? ¿Desde cuándo...?

—Tenemos que ir a la comisará, cariño. Ahora —indicó Hélène con urgencia—. Vamos. No podemos demorarnos mucho más… Esta es una de tus palabras preferidas, cariño, ¿no lo recuerdas? Demorarnos…

—¿Demorarnos…? ¿Comisaría…? —preguntó Vicente encogiendo el gesto en su cara—. ¿Podéis explicarme qué ha pasado…?

—Sí, vamos todos para allá. Venga, movimiento. En estos casos es muy importante reaccionar a tiempo —concluyó Patricia e inició la marcha acompañada de Jorge, Inés y Julio.

—La verdad es que… Tengo lagunas, pero… Pero… Tengo una sensación muy extraña dentro de mi cabeza… ¿Ha ocurrido algo malo…? Decidme. ¿Ha ocurrido algo… grave?

—Te lo contamos en la comisaría, Vicente —dijo Julio dándose la vuelta—. La comisaría está muy cerca de aquí, a la vuelta de esa esquina.

El grupo emprendió con rapidez el camino hacia lo que restaba por subir de calle. Desde allí todos se dirigieron hasta donde se encontraba la comisaría, que se encontraba, tal como había indicado Julio, a pocos metros de distancia.

—Pero… ¿hoy es mañana, sí o no, Hélène? Dime…, por favor… ¿Hoy es… mañana?

Y Vicente sintió cómo Hélène le apretaba con fuerza de la mano y cerraba los ojos con indudable desesperación.

16. Espinas que florecen tan afiladas como una honda herida

El amplio reloj de agujas gruesas y negras marcaba las nueve y media en lo alto de la pared de la sala en el interior de la comisaría. Era inquietante el silencio que gobernaba allí dentro, pese a que muchas personas que esperaban para ser atendidas. Desde la calle llegaba, a través de las ventanas enrejadas, un ruidillo de tráfico lejano y alborotado. Patricia, dejándose llevar de pronto por la inquietud que le provocaba la impaciencia de los nervios, se adelantó hacia el pequeño mostrador que había en uno de los laterales. El agente la miró con dureza cuando ella apoyó las manos en el borde del tablero.

Ambos se retaron desde sus correspondientes miradas. Enseguida, el agente volvió a dirigir su atención hacia lo que estaba haciendo antes de que Patricia lo interrumpiese.

—Perdone usted que le moleste, pero… —Y Patricia carraspeó para disimular su indomable tensión—. ¿Sabe usted si van a tardar mucho en atendernos? —Tras realizar la pregunta retiró rápidamente sus manos del mostrador, tal como si este le hubiese abrasado a traición las yemas de los dedos.

El agente elevó la mirada hacia Patricia.

—Os he dicho antes que con el denunciante pueden quedarse, y dadas las especiales circunstancias, dos personas. Dos personas como máximo. El resto tiene que esperar en la calle.

—Ya. Pero yo también le he dicho antes que ella es la madre del denunciante —explicó Patricia señalando hacia donde se encontraba Victoria—. Insiste en quedarse. Y nosotros dos tenemos que testificar con la víctima. Fuimos las primeras personas en ser avisadas de toda esta locura —dijo, y añadió—: La primera en sufrir todo esto fue la novia de la víctima, pero no se encuentra bien y por eso no está ahora aquí.

—Ya —soltó el policía, cabeceando—. Repito por última vez. Pues uno de ustedes tiene que esperar en la calle —dijo el policía señalando hacia donde estaban sentados Julio y Victoria—. No quiero volver a decirlo. ¿Me oyes?

—Entendido —afirmó ella—. Aunque yo me he acercado hasta aquí para preguntarle a usted si sabe cuánto tiempo van a tardar en atendernos. Entienda que estamos todos muy cansados y…

Pero el policía dirigió finalmente su mirada hacia el teclado del ordenador donde estaba escribiendo en esos momentos. Habló a una joven que tenía delante del mostrador. La preguntó dónde vivía.

Patricia rezongó con sonoridad y regresó hacia las sillas donde estaban sentados Vicente, Victoria y Julio.

—Ya habéis oído a ese señor… —dijo Patricia dirigiéndose hacia Julio—. No te preocupes. Podremos apañárnoslas solas. De todos modos, no te alejes mucho, lo digo porque es posible que sea necesario que testifiques. Supongo que será necesario, claro. Si te mueves de la puerta, dímelo, por favor —indicó Patricia—. ¿Sabes si han llevado ya a Hélène a casa?

Julio afirmó con rotundidad.

—Han vuelto ya. me han enviado un mensaje —indicó este—. Están todos a la puerta de la comisaría. Excepto Hélène, claro.

—A ver si esta gente no tarda mucho en hacernos caso. Ya oísteis lo que dijo el otro policía, el que nos atendió en cuanto llegamos. No debe pasar excesivo tiempo desde la última ingesta para hacer los análisis, si queremos que el efecto de lo que sea que le hayan dado a Vicente no se evapore. Y no sabemos cuándo fue la última vez que le dieron algo…

Vicente masajeó sus ojos con impaciencia. Sentía que la cabeza iba a explotarle en cualquier momento. Se fijó en una niña de piel oscura, que estaba de pie junto a su madre, que lo observaba con atención. Él hizo el esfuerzo por ofrecerle una sonrisa, que resultó leve pero plagada de cariño, y la niña se echó a reír.

—¿Victoria, no sería más conveniente que yo acompañara a tu hijo y a Patricia? —preguntó Julio dirigiéndose directamente a la madre de la víctima—. Deberíamos explicar todo lo concerniente al ordenador, cómo localicé la señal y demás. Yo tengo el teléfono de Hélène. Me lo ha dejado. En su teléfono está el mensaje del ja, ja, ja, y todos los mensajes que le ha ido enviando ella a lo largo del tiempo en que Vicente ha estado desaparecido. Creo que deberíamos llevarte a ti también a casa, Victoria. El día ha sido muy complicado y parece que todavía queda bastante hasta que todo esto termine. ¿Te acompaño abajo? Que te acerquen a casa Fernando y Ana. Cuando sepamos algo te avisaremos, por eso no te preocupes. Aquí lo único que puedes hacer es agotarte más de lo que ya estás. Y eso no es bueno para tu salud…

Vicente devolvió la cansada mirada que le dedicaba su madre y asintió, aunque sin aplicar excesiva convicción en la realización del gesto que llevaba a cabo.

—Tienes razón, Julio —reconoció ella—. Vosotros pintáis aquí mucho más que yo. Además, si en estos momentos me preguntan algo, no sabría qué decir —dijo Victoria y palmeó con calma en la mano de su hijo—. ¿Te encuentras ya mejor, mi vida? Quería acompañarte, pero…

Vicente volvió a asentir, pero esta vez lo hizo más despacio que la vez anterior.

—Marcha ya, mamá. No te preocupes.

—No tardes en volver —pidió Patricia a su amigo, mientras veía cómo Victoria desocupaba la silla donde estaba sentada y se dirigía hacia la puerta, acompañada de Julio, para abandonar la sala.

Momentos más tarde, cuando Julio regresaba con el ordenador bajo el brazo, un policía asomó por una puerta y, sin moverse de allí, buscó por el interior de la sala. Al cruzarse con la mirada de Vicente, agitó la barbilla, llamando así la atención de este. Julio y Patricia lo acompañaron hasta la puerta donde aguardaba el policía. Entraron los tres.

En la calle esperaban Jorge, Inés y Alberto. En ese momento llegaron, después de haber llevado a Vitoria a casa, Fernando y Ana.

—¿Cómo está tu madre? —preguntó Alberto, dirigiéndose a la hermana de Vicente.

—Está agotada, la pobre. Agotada, agotada.

—Parece que tardan mucho —comentó Inés—. Llevan ahí dentro más de dos horas.

—Las cosas de palacio… Ya se sabe —dijo Jorge—. Lo importante es que pongan una buena denuncia. Que expliquen con todo detalle lo que ha ocurrido. Esos hijos de puta tienen que pagarlo muy caro —expresó después.

—A mí ya no apetece fumar más —dijo Ana, arrojando al suelo el cigarrillo que acababa de encender.

—Como se demoren mucho con los análisis, estos no van a dar ningún resultado. Después de poner la denuncia, habrá que ir al hospital y veremos cuánto tiempo tardan en atender allí a Vicente —explicó Fernando.

—¿Tú crees que realmente le han dado algo?

—¿Cómo? Es más que evidente. Solo hay que mirarle a la cara y observar cómo anda. Pero eso solo se demuestra con unos resultados analíticos. El resto no sirve —indicó Fernando.

En ese momento, la puerta de la comisaría se abrió y apareció Julio. Salía cabizbajo. Estaba claramente preocupado.

—Lo llevan ahora al hospital —informó en el momento en que elevó la mirada—. Menos mal que al fin se han decidido a moverse. No entiendo por qué han esperado tanto. Patricia va con él.

—De acuerdo. Vamos para allá — sugirió Fernando mientras sacaba las llaves del bolsillo de su pantalón.

—¿Cabemos todos en vuestro coche? —preguntó Jorge—. Si no, yo voy en taxi.

—Si no te importa, Julio, te espero en casa. Aquí no hago más que estorbar —comentó Alberto, y se acercó a Julio para darle un beso en la boca. Lo importante es que Vicente está a salvo. Me dices algo, por favor, en cuanto tengas noticias.

—No te preocupes por eso.

—Entonces somos cinco. Cabemos de sobra en el coche —indicó Fernando—. Vamos. Lo tengo en el aparcamiento de la plaza. Está muy cerca de aquí.

—¿Ha ido todo bien ahí dentro? —quiso saber Ana antes de moverse de donde estaba, dirigiendo toda su atención hacia la cara desencajada de Julio.

—Esto… Lo cierto es que… —fue a decir este.

—Sí, cuenta, por favor, qué tal ha ido la cosa —añadió Inés uniéndose a la conversación.

Julio aguardó un instante en silencio, hasta que el grito desaforado que llegaba desde la plaza amortiguó su impacto.

—Agarros bien para no caeros de culo al suelo —dijo Julio y sopesó el ambiente, balanceando el aire con las palmas de sus manos abiertas—. Vicente ha puesto la correspondiente denuncia, hasta ahí todo ha ido muy bien. Aunque han tardado mucho en atenderle. En cualquier caso, los policías han estado muy cariñosos y atentos con él. Vicente no ha podido aportar mucho, porque no se acuerda de nada. Por ejemplo, no recuerda que antes de desaparecer había quedado contigo, Jorge. Bueno, eso ya lo hemos sabemos de antes.

—Vaya. Parece que la cosa es más seria de lo que…

—¡No le interrumpas, por favor! —pidió Ana a Jorge entrelazando con rapidez los dedos de sus propias manos.

Todos guardaron un instante en silencio, mientras tanto buscaban que el fragor del desasosiego y la ansiedad fueran encontrando poco a poco la placidez de la necesaria calma.

—Patricia y yo hemos ido dando toda la información de la que disponemos desde que Hélène llamó a nuestra amiga a las siete de la mañana —prosiguió Julio con su relato—. Lo que sabemos, lo hemos contado.

Todo. Punto por punto. Hemos explicado lo que nos dijeron los vecinos, aquello que fue revelado por el portero de la finca, eso de la conexión que existe desde el local con varios de los pisos que hay en las plantas de arriba, también lo de las salidas escondidas en la parte trasera del edificio... Hemos denunciado el trato que nos dedicó el tipo asqueroso de los tatuajes, lo de la amenaza con el cuchillo, en fin, hemos dado minuciosamente toda la información de lo que ha ocurrido. También hemos contado el altercado con el hombre al que vimos entrar en el local, que ya no estaba cuando vosotras echasteis un vistazo dentro, y que tampoco estaba cuando echó una ojeada la policía, pero que ninguno vio salir de ese sitio por la puerta principal. Hemos hablado de lo de la señal del teléfono de Vicente, que no se movió en la pantalla del ordenador hasta el final, lo que indica que Vicente se ha encontrado allí, en algún lugar de ese edificio, en todo momento...

—¡Qué hijos de puta! ¡Lo han tenido secuestrado durante todas esas horas! ¡Y la policía no ha hecho nada, ni lo va a hacer, para acabar con toda esa gentuza! —protestó Jorge.

—Por favor... —volvió a intervenir Ana, pidiendo moderación a su amigo.

—¿Estáis preparados para lo que viene ahora? —preguntó Julio y se limitó a sonreír con forzada exageración—. ¿Sí? Pues ahí va —pero antes de continuar con su explicación lanzó un largo y sonoro suspiro—. Vicente, a petición de la policía, ha estado mirado los movimientos de su cuenta bancaria.

—¡No fastidies! ¡No me digas que...! —soltó Ana sin pretenderlo.

—Dejadle, dejad que se explique, por favor —intervino ahora Fernando.

—¿Sabéis qué? ¡Han desaparecido de su cuenta los 30 000 euros que él tenía ahorrados!

—¡Panda de cabrones! ¡Habría que cortarles el cuello a todos!

—Lo que no entiendo es cómo ha ido Vicente a parar a ese sitio —dijo Inés, mostrando al mismo tiempo sendos gestos de preocupación e indignación, y mostrándose incómoda por el progreso en que derivaban las explicaciones que suponía iba a dar Julio.

—Eso de quitarle el dinero lo han hecho llevando a cabo varias transferencias desde su cuenta —siguió explicando este—. Se supone que ese dinero se lo ha ido gastando en copas y demás servicios… Fíjate tú, a Vicente, supuestamente, le ha dado por invitar a medio Madrid a lo largo de toda la noche y parte del día siguiente, que es hoy, en ese local de mierda.

Por un momento se instaló un silencio que estaba plagado más de miedo que de prudencia se trataba de un silencio difícil de ser desbrozado con la simple valentía y el arrojo que imponía la necesidad. Hasta que un hipeo rotundo y sonoro interrumpió la tensa calma, y Ana dijo desde una tartamudez plagada de desazón:

—Pero se podrá demostrar que Vicente ha sido obligado a hacer esos… gastos extraordinarios. —Y aguantó un ataque de rabia antes de proseguir con su razonamiento—. ¡Solo tienen que mirar el extracto de los movimientos de su cuenta para ver en qué gasta habitualmente mi hermano su dinero! Yo sé perfectamente en qué gasta su dinero. Y vosotros también lo sabéis. Paga el alquiler junto con Hélène, compra libros y poco más. Raramente sale a comer o a cenar fuera de casa. Nunca ha consumido ninguna bebida que no fuera cerveza… Muy de vez en cuando se compra algo de ropa. El tren… Va a Barcelona y vuelve a Madrid tres días a la semana después de sus clases en la universidad, y esto lo hace así para ahorrarse el alquiler innecesario de otro piso…

—Ya que has mencionado a Hélène, veremos qué ocurre cuando ella se entere de todo esto de la cuenta bancaria.

—Pues no ocurrirá nada. Ella se asombrará y se enfadará con esa gente del local, del mismo modo que lo estamos haciendo nosotros ahora.

—Ya, pero todos conocemos cómo se la gasta la pobre y… —esbozó Julio—. Muy bien, esto en realidad no importa ahora. Aunque, esperad, todavía no he acabado con este asunto del dinero.

—No me digas que queda algo más…

—Sí, queda algo más. También se ha podido averiguar que Vicente ha ido pidiendo, por lo visto, varios créditos de 3000 euros cada uno. El último se llevó a cabo a la siete de la tarde, poco antes de quedar libre.

—¿No fastidies? ¿Y eso se puede hacer con tanta facilidad? —preguntó Inés.

—Según nos han ido explicando los policías, eso se puede hacer, sí. Tal cual. Solo hay que seguir una estrategia. Nada más que eso.

—Ya. ¡De modo que para pedir un crédito en cualquier banco tienes que presentar un montón de papeles y avales, y aun así cuesta conseguirlo, y para solicitar dinero por teléfono desde un antro asqueroso y repugnante no te exigen nada! —comentó Fernando.

—La policía, como es lógico, no ha querido pringarse mucho. De cualquier manera, sí han advertido que resultará muy difícil recuperar todo el dinero. Han indicado que, quizá, lo que cubra el seguro... Puede que algo más, pero poco, existe solo una remota posibilidad de que esto se consiga. En ningún caso se devolverá toda la suma estafada. Eso nunca, por lo visto. A no ser que se gane el juicio y… A mí no me cabe duda alguna de que todo este asunto ha sido una auténtica estafa. El último crédito sí podría anularse por no sé qué del tiempo que lo separaba del anterior, que era poco. Nos han explicado cómo funciona eso, pero no he prestado mucha atención, esta es la verdad, a lo que nos decían. A estas horas todos andamos ya muy cansados para entender adecuadamente ciertas cosas.

—¿Es que no han visto que Vicente estaba excesivamente despistado? ¿La policía no ha dado importancia al hecho de que no se acordara de nada?

—Sí, claro que le han dado mucha importancia a esa cuestión. Por ese motivo lo llevan al hospital, para que le hagan las pruebas físicas necesarias y los análisis toxicológicos. También se han quedado con los calzoncillos de nuestro querido amigo para llevarlos a analizar.

—¿Y con el efecto de las drogas se puede pedir créditos en un banco? ¿No se supone que si tomas algo fuerte pierdes la conciencia y el control?

Fernando negó efusivamente con la cabeza.

—Eso depende de lo que le hayan obligado a consumir. Supongo que le habrán dado algo para que su estado mental estuviera lo suficientemente consciente como para responder a todo lo que le hayan ido requiriendo. Aunque no haya podido mover ni un dedo, sí habrá sido capaz de dar su clave bancaria y demás y demás y demás. De ese modo habrán accedido a su cuenta y habrán comprobado el dinero que tenía. Por eso han tardado en soltarle. Han ido quitándole el dinero con paciencia y no con poca habilidad. Por otro lado, les ha importado poco que todos nosotros estuviéramos a la puerta reclamando su liberación.

—¡Hijos de puta!

—Sí, esto que digo es muy cierto —puntualizó Fernando—. Además de la famosa burundanga, existen otras sustancias que bloquean la voluntad de quien las toma y convierten a la gente en verdaderos esclavos. Entre nosotros convive cierta gente que es capaz de obligarnos a hacer justamente lo que quieran. Estamos completamente en sus manos. Si tenemos la mala suerte de toparnos con ellos, será mejor que recemos, si es que sabemos hacerlo.

—¡Por eso deben darse prisa en hacerle los análisis!

—¿Por qué han esperado tanto para llevarlo al hospital?

—La verdad es que no entiendo nada, esta es la verdad. No entiendo nada de nada —sentenció Julio.

—¿Nos vamos ya? Por experiencia sé que conviene que, por ahora, acompañemos a Vicente todo lo que podamos. Va a sufrir la ansiedad y el desconsuelo de un infierno salvaje cuando recupere la cordura y se encuentre cara a cara con la realidad —indicó Fernando—. Mientras tanto debemos procurar no dejarle solo en estos difíciles momentos.

—¿Crees que acabará recordando algo de lo que ha ocurrido? ¿Es posible eso? —preguntó Ana mientras todos se disponían a encaminarse hacia donde estaba el aparcamiento.

—Puede que nunca recuerde nada. No lo sé bien. De todos modos, la cabeza de cada uno de nosotros funciona movida por un misterio difícil de descifrar.

El grito desaforado de antes volvió a retumbar en la plaza como parte de un trueno perdido entre la soledad de la noche. Ambiente de bruma y polvo, ponzoña tan densa como el miedo a asomarse a la orilla de un precipicio.

17. El frío barro ha acabado anegando el interior de la cueva

El murmullo de la máquina auxiliadora para la necesaria administración de medicamentos que estaba en la habitación contigua no paraba de emanar su acompasado y particular soplido. Así, rezongaba y marcaba un instante de espera. De vez en cuando, unos pasos acomodados a la tranquilidad que invadía el interior del pasillo se acercaban en su traqueteo para, seguidamente después, alejarse con un similar ritmo liviano hacia el fondo, donde desaparecía. La puerta de la habitación se encontraba abierta. Vicente había pedido que Patricia lo acompañara cuando el doctor se dispusiera a explicarle el resultado de las pruebas efectuadas. No quería estar a solas con el doctor ya que, muy probablemente, su más estricta intimidad se vería vulnerada con la información que iría a recibir, esto él lo intuía así, y no consideraba oportuno vivir esta particular experiencia con la compañía de su hermana, pues con ella no tenía tanta confianza como la que tenía con su amiga. Y allí estaban los dos, Vicente y Patricia, que habían sido llamados minutos antes a la consulta y esperaban a que el médico acudiera para atenderles. Una enfermera asomó la cabeza y dio las buenas noches. Sonrió con una placidez de sirena. Desapareció después. Pasados algunos minutos más, el médico entró, cerró la puerta y tomó asiento a la otra parte de la mesa, enfrente de donde ya se encontraban sentados Vicente y Patricia. Dedicó un tiempo a releer todo aquello que llevaba anotado en unas hojas que sacaba de una carpeta. Acto seguido se retiró las gafas. Volvió a oírse el traqueteo, pero en ese momento se reproducía con menos intensidad que antes, de unos pasos que recorrían el pasillo hasta alejarse. El doctor invirtió varios minutos más en guardar silencio. Quizá sopesaba el modo más adecuado con que debía expresarse. Mientras tanto, no dejaba de observar a las dos personas que tenía delante ya que, sin duda, sabía que esperaban con impaciencia sus oportunas conclusiones. Después de martillear sonoramente con la punta de sus dedos en la mesa, el médico se echó hacia adelante y fue iniciando su exposición. Empezó diciendo que los análisis de sangre y de orina ya habían sido enviados al laboratorio toxicológico correspondiente. Dadas las circunstancias, dijo, se buscaban unos resultados muy específicos, y, también debido a la dificultad de esos análisis y a la saturación en la que se encontraban habitualmente los laboratorios, era posible que tardaran varios meses en llegar esos resultados. Vicente bajó la mirada y Patricia le acarició el hombro con levedad. Observó la debilidad que se había instalado en el cuerpo de su amigo, y con una suave caricia buscó dotarle de ánimo y algo de entereza. Sin más preámbulos, el doctor se ajustó las mangas de la bata y empezó a revelar lo que había observado con indudable claridad en la exploración realizada en el cuerpo de Vicente: era indudable que a Vicente lo habían violado repetidas veces, y en algunas de ellas habían llegado a hacerlo con increíble contundencia y brutalidad, esto lo había descubierto tras la inspección ocular y táctil que había llevado a cabo. Explicó que, de cualquier manera, las consecuencias no eran graves ni preocupantes, ya que Vicente no mostraba lesiones serias que no fueran subsanadas con facilidad gracias al simple paso de los días. Quizá tuviera molestias al andar durante algún tiempo, añadió, pero nada más.

Patricia se había tapado la boca con la palma de una mano y mantenía los ojos muy abiertos y asombrados por lo que estaba oyendo. Vicente miraba la figura del doctor a través de unos ojos arrojados definitivamente al cansancio y a la resignación.

—Puedo decir sin temor a confundirme —fue comentando el medico después de ver cómo Vicente y Patricia se agarraban con fuerza de una mano—, que lo que te ha ocurrido, chico, es algo que no tiene lugar a dudas. Al menos así lo considero yo. Por las pruebas externas que te he realizado, y también por el aspecto de tus ojos y el desarrollo de tu movilidad, supongo que te han mantenido obligado a ingerir durante el tiempo que has permanecido en ese lugar donde has estado retenido y, sin que dieras tu consentimiento para ello, algún tipo de sustancia que te ha inhibido la voluntad, hasta el punto de que seguramente has sido incapaz de moverte con cierta normalidad en todo momento. Pero tu consciencia se ha mantenido siempre despierta, y con la suficiente atención, para responder a las preguntas que te hayan podido hacer. Lo que te han inyectado, o te hayan dado a beber, y esto lo digo supuestamente, ya que no dispongo de los resultados analíticos, te ha bloqueado la memoria más o menos desde las dos horas anteriores de realizar la primera ingesta hasta poco después de llevar a cabo la última. Por eso no recuerdas nada de lo que ocurrió a lo largo de las dos horas anteriores al inicio de este calvario que has sufrido. Supongo que nunca recuperarás este lapsus de memoria, aunque esto no puedo afirmarlo con rotundidad. Debo añadir que para despertarte y reanimarte lo suficiente como para que fueras capaz de andar, han debido suministrarte seguramente cocaína o algo similar, y con ello has corrido el serio riesgo de sufrir un infarto. Es claro que nada de esto puedo demostrarlo delante de un tribunal, pues lo que te digo ahora habría que probarlo con las oportunas pruebas y, estas, como sabemos, no las tenemos todas a nuestra disposición. A un tribunal no se puede acudir con suposiciones ni conjeturas, aunque estas suposiciones y conjeturas estén basadas en una auténtica e irrefutable realidad médica. La mayor parte de la razón te la darán los resultados de los análisis toxicológicos. Sin ellos no se puede hacer mucho.

Patricia fue a incorporarse un poco en la silla, pero al instante abortó el intento de levantarse.

—También he encontrado claros síntomas de violencia en gran parte de tus extremidades superiores e inferiores, así como en tu espalda y en tu frente. Del mismo modo, hay heridas perfectamente visibles en tus glúteos y en tus labios, esto es fácil de apreciar a simple vista. Todo esto lo he especificado exhaustivamente en el informe que voy a enviar a la policía, pues esta nos lo ha pedido, obligada por el juez, y que también voy a entregarte a ti cuando lo termine y acabe de firmarlo. Debo añadir que el resultado de este mal incidente que has vivido dependerá casi exclusivamente de lo que determinen las pruebas toxicológicas. Me consta que la policía ha enviado tu ropa interior también a analizar. Quizá por ahí también se descubra algo interesante.

—¿Entonces…? —dijo Patricia, interrumpiendo el discurso del doctor. Removió la cabeza para deshacerse de la angustia que la oprimía desde el cuello—.¿El asunto está complicado…?

El doctor miró a Patricia con displicencia y llevando uno de sus dedos hacia el centro de sus labios.

—¿No podemos demostrar que estuvo allí en contra de su voluntad…? —insistió ella—. Si los resultados toxicológicos son negativos, qué… ¡Han tardado mucho tiempo en hacerle los análisis! ¡Por lo visto, esos análisis hay que hacerlos cuanto antes, porque el efecto de esas drogas desaparece a las pocas hor…!

—Nosotros hemos actuado con celeridad —la interrumpió el doctor—. En cuanto la víctima ha ingresado en el hospital, hemos dado preferencia a este caso.

—Eso lo sé. Y se lo agradezco. Se lo agradecemos todos. No lo decía por ustedes, que han sido muy amables y se han desvivido en ayudar a nuestro amigo… Pero no entiendo el comportamiento de la policía, esta es la verdad.

Vicente se mantenía al margen de la conversación que mantenían Patricia y el doctor. Hacía varios minutos que había decidido cerrar los ojos y parecía escondido a propósito dentro del parapeto que le proporcionaban sus párpados.

—Puedo añadir… —siguió diciendo el médico mientras dirigía su atención hacia el aovillado cuerpo de Vicente—, quiero añadir que vas a tener a tu disposición la ayuda de un psicólogo a partir de ahora. La primera consulta, que deberá realizarse hoy, y las siguientes, se llevarán a cabo en este mismo hospital. Este lugar te pilla muy cerca de casa… ¿No es así?

Vicente afirmó si mucha decisión. Balbuceó algo que nadie llegó a entender del todo. Patricia le acarició la nuca. Se fijó con detenimiento, una vez más, en la indefensa fragilidad que mostraba él.

—Dentro de un rato recibirás toda la información necesaria con referencia al psicólogo en el número de teléfono que nos has dado. Si yo estuviera en tu lugar, no renunciaría a esta ayuda psicológica. Te va a hacer muy bien, aunque ahora creas que puedes salir adelante por tus propios medios. El psicólogo decidirá cuándo debes terminar las sesiones. Mi consejo es que sigas su consejo hasta el final.

Vicente dio las gracias entredientes. Volvió a cerrar los ojos. Sus hombros caían fláccidos, deshilachados de fuerza, sobre unos brazos y un cuerpo agotados por el cansancio y la derrota.

—Debo advertirte que, cuando despiertes mañana, vas a empezar a sentir que de pronto el mundo se te echa encima, que todos los acontecimientos se abalanzan sobre ti de un modo salvaje e incontrolable, pero esto será algo que corresponde a un comportamiento encerrado dentro de la normalidad, no debes preocuparte mucho por ello. Aunque todo esto te lo irá explicando convenientemente el psicólogo. Lo que quizá te llegue a preocupar más, puede que consista en la enorme dificultad que encontrarás para hallar el motivo a todo esto que te ha ocurrido. Te preguntarás por qué te ha pasado a ti, por qué hay gente que se comporta como si constituyera una salvaje manada de animales sin escrúpulos.

Patricia no dejaba de observar los gestos de su amigo. Veía cómo este asentía con el gesto trastabillado de ansiedad y desconsuelo.

—Con respecto a la pregunta que me hiciste antes, Vicente, te digo que por supuesto que te daré un justificante para que, al menos, descanses durante los próximos días y no acudas a tu trabajo. ¿Me dijiste que es a Barcelona donde vas dos o tres días, verdad? —preguntó el médico esbozando una inesperada sonrisa—. De todos modos, te aconsejo que no demores mucho tu reincorporación, pues es conveniente que vuelvas lo antes posible a tu rutina diaria. Aunque tampoco debes tener prisa en hacerlo.

Patricia se revolvió en la silla.

—¿Cree usted que es necesaria la cita de ahora con el psicólogo? A mí me parece que le vendría mejor irse a casa a descansar…

—Solo busco que se conozcan —dijo él de un modo tajante—. Y que concierten la pauta de las sesiones. Que se conozcan ahora los dos y luego marche para casa, sí, claro que sí. Eso también es importante, sin duda lo es.

—¿Sabe usted cómo pudo empezar todo este calvario? ¿Tiene alguna… pista? —preguntó Patricia mientras volvía a agarrar la mano de su amigo y le acariciaba con calma el envés—. ¿Cómo llegó Vicente a ese lugar?

El doctor elevó la mirada. Torció el gesto.

—Eso no se puede saber con certeza —indicó el médico—. Quizá le echaron algo en la bebida cuando estaba tomando la cerveza con su amigo. Puede que esto ocurriera así… Él me ha dicho que fuma y si en algún momento salió a la calle a fumar… O puede que le abordaran por la calle y le inyectaran algo. Es difícil de saber cómo empezó toda esta pesadilla, esta es la verdad.

El doctor plantó las manos en la mesa e hizo el ademán de incorporarse.

—Por lo demás, solo puedo desearte mucha suerte en el futuro con respecto a todo lo que esté relacionado con el juicio de este incidente tan desgraciado —añadió a modo de coda final—. Porque, supongo que no te cabe la menor duda en denunciar todos estos hechos. ¿O sí te cabe alguna duda?

Vicente bajó la mirada. No se atrevió a hablar. Solo negó levemente y muy despacio. Fue Patricia la que habló en su lugar.

—Por supuesto que va a denunciar todo lo que ha ocurrido. Parte de la denuncia ya está puesta. Y nosotros vamos a ayudarle para que lo haga y no desfallezca. Al menos vamos a intentar que no desaparezcan las ganas de hacer justicia. Perdone ahora mi pregunta, y no se preocupe, que no le haré perder mucho más tiempo, porque sé que anda usted muy ocupado, pero… ¿Cree usted, doctor, que tiene alguna posibilidad de ganar el juicio cuando este se celebre?

El médico elevó la mirada hacia el fluorescente que lucía en el techo blanco y limpio de la consulta. Dedicó unos segundos a pensar lo que debía responder.

Suspiró con autoritaria sonoridad.

—Lo que sí sé es que, en esta vida, todos debemos luchar por cada batalla, si no queremos dar esa batàlla por perdida antes de tiempo. Luego, lo de ganar la guerra es otra cosa diferente. Como he dicho antes, el camino por el que irá avanzando este caso dependerá básicamente del resultado de los análisis toxicológicos. Pero debéis tener en cuenta, y esto lo digo desde mi experiencia, que estos casos se ganan si se mantiene la necesaria paciencia y se siguen los pasos oportunos. Va a ser muy largo el camino hasta llegar al final, sea cual sea este. Pero una precipitación en el momento de presentar una prueba, por ejemplo, puede dar al traste definitivamente con todo. Hay que entender que esos salvajes seguramente están muy bien asesorados. Esa gente sabe cómo puede funcionar para quedar a salvo de los posibles castigos. Su negocio consiste en extorsionar, amenazar y estafar a la gente de bien. Y, en este caso, se refugiarán en la idea de que Vicente acudió allí por su propio pie, y que provocó voluntariamente todo lo que allí aconteció con él. Creámoslo o no, entre nosotros hay mucha gente que busca, a voluntad y por capricho, precisamente todo esto que le ha ocurrido a vuestro amigo. Y, esto, la policía y los jueces lo saben. Es por eso por lo que se requiere mucho empeño, y pruebas muy sólidas, para demostrar que uno ha sido víctima de una barbaridad manifiesta y que no lo ha hecho simplemente por placer, por muy extraño que consideremos la mayoría de nosotros ese placer que puede derivar en la muerte.

Después de decir esto, el médico se levantó y alargó una mano hacia donde estaba Vicente. Este estrechó esa mano con la suya.

—Buena suerte —dijo el médico antes de abandonar la consulta.

Vicente y Patricia se miraron con inseguridad y desde un trasluz empapado de pavor. Él arrugó el gesto de su cara. Cabeceó y se lamentó sin disimulo. Estuvo a punto de echarse a llorar, pero se miró las manos, que vibraban como si estuvieran sufriendo continuas descargas eléctricas, y contuvo el gesto.

—¿Vamos? —preguntó Patricia mientras se levantaba y ayudaba a su amigo a ponerse en pie.

El teléfono de él emitió de pronto un sonido de alarma.

—Seguro que se trata del aviso del psicólogo. Pues sí que se han dado prisa —advirtió ella—. Te acompaño hasta su consulta y vamos a casa. Hélène debe estar preocupada por tu tardanza.

Y los dos amigos enfilaron, con sosiego y mansedumbre, el camino que proyectaba un nuevo rumbo a lo largo del enorme y luminoso pasillo que tenían por delante.

18. El fragor de lo cotidiano oculta la luna más blanca

Domingo a la tarde. El excesivo calor aletargaba el zumbido de las moscas y contraía los colores hasta reducirlos en amplias líneas de contraluces arriesgados y excesivamente espesos. La plaza se encontraba vacía, como el resto de las calles aledañas. Salvo el espacio que ocupaban, adecuadamente guarecidos a la sombra, Vicente, su novia Hélène y sus amigos Patricia, Julio, Jorge e Inés. Los seis estaban sentados a la mesa de la terraza de un bar. Desde que tomaron allí asiento, todos se habían mantenido dentro de un silencio revelador, asentado en una creciente expectativa por los próximos acontecimientos. Después de que estallara, por un instante, el cercano y alborotado ladrido de un perro, el camarero se acercó con las bebidas solicitadas. Todas ellas, cerveza en botella de cristal.

El primero en atreverse a romper ese miedo a hablar que provocan, a veces, el estupor y el asombro más inmenso, fue Jorge. Elevó despacio su botella y ofreció su brindis.

—Por nuestro querido amigo Vicente, que sigue aquí, con nosotros, vivito y coleando.

Todos respondieron al brindis chocando las bases de sus botellas. Nadie se atrevió a decir nada más por el momento. Salvo Jorge, que al rato volvió a hablar.

—La verdad es que llegué a pensar que no volvíamos a verte, chico —dijo y bebió un largo trago—. ¡Menuda aventura nos obligaste a vivir! ¡Ni en la mejor ni más larga de las montañas rusas lo hubiésemos pasado peor! ¡Vaya susto que nos diste a todos!

Ante el gesto de Patricia, que cabeceó con pretendido disimulo, Jorge decidió guardar silencio. Instantes más tarde, fue Inés quien se atrevió a decir algo.

—¿Y tú cómo estás ahora, Vicente? ¿Te encuentras mejor? —preguntó la mujer.

El interpelado afirmó con calma. Bebió un trago de su botella.

—¿De verdad no recuerdas que quedamos esa tarde tú y yo? —preguntó Jorge con interés.

En este caso, Vicente negó con indecisión.

—Estuvimos poco tiempo. Quizá una hora, no mucho más. Dijiste que Héléne te esperaba en casa... Por cierto, ¿no habrás perdido el pendrive que te entregué? Ahí está mi última novela. Te pedí que la leyeras y me dieras tu opinión... ¿No te acuerdas de esto? —Y observó cómo Vicente negaba otra vez con evidente indecisión—. Pero si lo has perdido, no te preocupes. Es que ahí guardaba una película que me había grabado Inés y que es muy difícil de encontrar... No sé qué pudo ocurrir a partir de ahí, a partir de que nos despidiéramos. Creo que vi cómo entrabas en el metro, pero no lo puedo asegurar del todo. Quizá decidiste, en el último momento, acercarte a la tienda china que hay arriba, en la calle donde... Y al pasar por delante de... A ti te pilla mejor la otra boca de metro, donde culmina la calle de arriba y baja hacia la otra plaza. Quizá desde la tienda pensaste bajar después hasta esa otra boca de metro y… No lo sé. No tengo la menor idea. Y si tú no recuerdas nada…

—Eso ya da igual ahora —aseguró Patricia de un modo tajante—. Centrémonos en lo importante a partir de este momento.

—¿Y lo importante es? —replicó Jorge.

—Lo importante es que Vicente se recupere cuanto antes, que le devuelvan su dinero y gane el juicio, cuando este se produzca, para dar un escarmiento a toda esa gente. Eso es lo importante. Lo demás da igual.

—De acuerdo. Pues muy bien. No te preocupes, no volveré a meter baza en la conversación —aseguró Jorge.

—No empecéis a discutir vosotros ahora, por favor —soltó Hélène.

—Yo no estaba discutiendo —aseguró Patricia.

Jorge dio un trago a su cerveza. Exhaló una larga bocanada de aire.

—¿Has dormido algo esta noche? —preguntó Julio—. Creo que todos estamos todavía en *shok*. Imagino cómo debes estar tú…

—No he dormido mucho, la verdad —respondió Vicente. Y después de decir esto se decidió a dar la oportuna información de que disponía desde hacía pocas horas—. He hablado con el abogado que me ha recomendado mi cuñado Fernando. Por lo visto es un excelente profesional y me va a cobrar poco —dijo y sacó un cigarrillo de la caja de tabaco—. No me ha puesto muy bien las cosas. Me ha dicho que sí se puede luchar contra el banco, aunque no hay excesivas garantías de conseguir todo el dinero que me han… —dijo y encendió el cigarrillo—. Los dos últimos créditos los van a devolver, eso sí, si no lo han hecho ya. Él ha quedado mañana con la directora de mi sucursal. Yo le acompañaré. En fin, mirándolo por ese lado, dos créditos menos que tendré que pagar. Algo es algo —y soltó una breve y débil risa.

Jorge elevó un brazo para solicitar la presencia del camarero.

—Voy a pedir otra. ¿Alguien quiere?

Nadie respondió a la pregunta que había realizado Jorge.

—El abogado también me ha dicho que —prosiguió explicando Vicente—, por lo visto, las denuncias se cierran, o se archivan con el tiempo, no recuerdo bien el término que ha empleado, y me ha explicado que esto lo hace la policía por si el denunciante piensa dar marcha atrás, esto se hace para que la denuncia no se mantenga abierta para nada. El abogado deberá reabrir el caso de la denuncia en cuanto la cierren. Me ha dicho, además, y esto os lo cuento por si queréis llevaros las manos a la cabeza, que fue lo que hice yo cuando él me lo comentó, que el juicio no saldrá antes de... ocho años— dijo y abrió el gesto de una sonrisa amplia—. Ese es el tiempo estipulado, más o menos, para que se celebre el juicio. En ningún caso se convocará antes de ese tiempo. Salvo que se produzca un milagro, y ya sabéis que yo creo bien poco en todo ese asunto de los milagros. —Dio una pausada calada a su cigarrillo—. Así van las cosas. La justicia en nuestro país actúa con brillante rapidez.

—Sí. Como los coches de fórmula uno. ¡Hay que fastidiarse! —apuntilló Jorge, que levantaba otra vez el brazo para reclamar la presencia del camarero.

—Antes de venir aquí he llamado a Lucía, a París. Me ha dado muchos besos para ti, Vicente —informó Patricia—. Ella tiene muy buenos contactos por el cargo que ocupa en su trabajo. Me ha dado el teléfono de una amiga suya, que es forense, aunque está ya jubilada, para que escuchara su opinión acerca de todo esto. La verdad es que me lo ha puesto todo muy negro. Me ha aconsejado que no nos hagamos demasiadas ilusiones. Por lo visto, se va a poner en contacto con el responsable de la comisaría donde estuvimos. Conoce a ese comisario desde hace muchísimos años. Le va a llamar por si se puede hacer algo. No sé. Qué puede hacer el comisario ahora…

—Tenías que haberla llamado cuando estaba Vicente allí, en la comisaría, para que se hubieran dado prisa con los trámites y lo hubieran llevado enseguida al hospital —indicó Jorge.

—Quien sepa rezar, que lo haga, para que los resultados toxicológicos den positivo —dijo Patricia siguiendo con su propio monólogo.

—No escuchas cuando hablo y eso me altera los nervios, chica —soltó Jorge antes de dar el último trago de su botella—. ¿El camarero piensa aparecer en algún momento?

—¡Con este calor cualquiera sale a la calle! —explicó Inés.

—¿Voy a tener que ir yo, entonces, para pedir? —dijo Jorge.

—Aun así, en el caso de que los resultados de los análisis den positivo, la cosa estará muy difícil, me ha comentado mi abogado. Lo que es evidente es que si el resultado de esos análisis da negativo, ya podemos olvidarnos del tema. Habrá que retirar la denuncia, para no perder ni tiempo ni dinero. Y, según me ha explicado también mi abogado, el resultado toxicológico puede salir negativo porque la policía tardó bastante hasta que se decidieron a llevarme al hospital. Ahora sí que entiendo eso que se dice habitualmente de que «el tiempo es oro».

Jorge se ajustó en la silla metálica donde estaba sentado, cuando el camarero llegó.

—Le he llamado varias veces, ¿no me ha visto usted que le estaba llamando? —advirtió Jorge con el gesto torcido—. Ya me iba a levantar para pedirle.

El camarero recibió el recado de quienes querían consumir más cerveza y se dirigió despacio hacia la puerta del bar.

—Me han enviado los resultados del SIDA y de las enfermedades venéreas —soltó de pronto Vicente.

—¿Y qué? Vamos, cuenta.

—Han dado negativo. También, por ese lado hay dos preocupaciones menos —dijo sin llegar a evitar que se le escapase una leve sonrisa.

—Pues, a partir de ahora debes armarte de paciencia, hijo —indicó Julio con soltura—. Parece que esto solo acaba de empezar.

Vicente echó de pronto hacia adelante su cuerpo. Apoyó los codos en la mesa. Se le veía especialmente intranquilo, pues la desazón le recomía de un modo salvaje desde el interior de su desamparado y maltrecho cuerpo.

—¿Sabéis lo que me preocupa realmente…? —Vicente lanzó entonces la pregunta. Esperó hasta que la provocación de su pregunta surtiera el efecto necesario—. Me llena de ansiedad el hecho de saber que he estado expuesto ante gente desconocida, gente que supuestamente ha hecho conmigo lo que nadie imagina, gente que se ha aprovechado de que yo no era consciente de nada, para abusar de mí… Puede que vaya a cruzarme en el metro con alguna de esas personas que me han... Esto quién lo sabe bien. Incluso, puede que, a alguno de ellos, o ellas, vete tú a saber, yo las conozca, quizá las haya visto antes en el barrio, o en algún momento en que haya bajado a comprar…, cualquiera lo sabe bien. Supongo que quienes regentan ese asqueroso negocio…, por definirlo de alguna manera, llamaron a ciertos clientes distinguidos que se aprovecharon de una circunstancia como la mía para pasarlo pipa conmigo, con alguien que les había caído en suerte para hacer de fácil e indefensa víctima en sus atrocidades... También los cobrarían a ellos, o a ellas, además de robarme a mí, mientras disfrutaban a lo grande con mi cuerpo. De modo que, esa gentuza, hizo negocio por partida doble: me robó a mí y cobró a esos clientes privilegiados por utilizar mis servicios… Hijos de puta. Hijos de puta…

El camarero llegó acalorado y depositó con rapidez las botellas en la mesa. Patricia y Vicente aprovecharon que estaba ahí el camarero para pedirle la consumición que no habían pedido antes. Este rezongó. Murmuró su queja entre dientes.

Tras escuchar el comentario del camarero, Jorge se extendió a lo largo de la silla donde estaba sentado. Hizo el leve intento de levantarse, cuando el otro ya se dirigía hacia la puerta del bar.

—¿Habéis oído lo mismo que yo? ¿Ha dicho que está hasta los huevos de que lo tengamos dando vueltas como una peonza con la que está cayendo, o me lo ha parecido a mí? ¡Menudo imbécil! ¡Menudo cab…!

—El único recuerdo que tengo de todo ese tiempo que estuve allí metido —continuó Vicente con su soliloquio—, es que yo bailaba como un loco y reía sin descanso, de un modo desenfrenado, cuando todos sabéis que yo no he bailado en mi vida. Me cuesta mucho hacerlo. No me gusta, nunca me ha gustado, nunca me he sentido cómodo bailando. De todos modos, eso se lo conté ayer al médico y él me explicó que solo lo imagino, ya que lo que se supone que me obligó a tomar esa gente debió mantenerme completamente inmóvil e indefenso.

Patricia dio un trago de su botella. Hélène agarró la mano de Vicente. La apretó con fuerza.

—Algo que también me preocupa mucho —siguió explicando Vicente— es si se habrán atrevido a grabarme, no sé, con menores, por ejemplo. No sé, no sé qué pudo ocurrir allí dentro… No lo sé y eso me carcome como si hubiera tragado ahora un potente ácido capaz de deshacerme las tripas… —de repente rompió a llorar con un desconsuelo tal que atrajo la atención de quienes estaban con él. Mientras hipeaba, nadie se atrevió a abrir la boca ni para beber de su cerveza.

Cuando, al cabo del rato, Vicente paró y empezó a recobrar en algo la compostura, se disculpó, murmurando:

—Perdón, muchachos… Perdonad mi comportamiento. Tengo la boca realmente sea, como si fuera una auténtica lija —Y vació el contenido de su botella dentro de su boca de un solo trago.

Jorge golpeó con una mano encima de la mesa, pero no pudo decir nada porque un reguero de tristeza le trababa el conducto de su garganta hasta bloquearlo por completo.

Hélène se incorporó y, tras dar un beso a Vicente en la frente, dijo con intención, para que todos la oyeran con indudable claridad:

—Quiero daros las gracias a todos por lo que habéis hecho por él y por vuestra preocupación, por vuestra ayuda y vuestro cariño hacia él y hacia mí. Os lo agradezco de corazón. No sé qué hubiera ocurrido de haber estado sola —y seguidamente después tomó asiento. Bebió un trago.

Las palabras de Hélène bastaron para que Jorge recuperara las fuerzas.

—¡Propongo que demos un escarmiento a toda esa gentuza! ¡Esto no puede quedar así! ¡Hay que hacer algo, pero ya! ¡Quién se apunta conmigo! ¡Quién me acompaña a darle a toda esa gente una buena lección…!

Patricia le interrumpió de un modo tajante.

—¡Quieres parar ya! —dijo y quedó con la mirada prendida en los ojos de Jorge.

—Sí. Olvídate ya de eso, si no quieres aparecer muerto en cualquier esquina, Jorge —advirtió, muy oportuna, Inés—. ¿Has olvidado la pinta que tenía toda esa gente y cómo se las gastaba? ¡Esos le meten un navajazo a cualquiera que se les plante delante, o le pegan un tiro en el pecho, y ni se inmutan por ello! Ni se inmutan por ello, de modo que…

—Además, qué piensas hacer —añadió Patricia, inundando a propósito su voz de ironía—. ¿Vas a comprar una pistola y vas a liarte a tiros con toda esa gente? ¿Sí? ¿Vas a hacer eso? No me hagas reír, por favor. No me hagas reír, chico.

Un gorrión habilísimo efectuó un vuelo muy rápido y eficaz por encima de la mesa y se llevó enganchado en el pico un trozo de patata frita que había caído fuera del cuenco del aperitivo.

Alguien ofreció un cigarrillo de la caja de tabaco que acababa de abrir. Llamaron al camarero, pues la agonía de un verano en exceso caluroso que no terminaba de marchar estaba empezando a acrecentar la sed en esos seis amigos que habían decidido reunirse a la terraza de un bar dentro de una gran ciudad cada vez más peligrosa, hostil e inhumana.

19. Dulce pesadilla allí donde estalla lo más rojo del infierno

El trasluz del chirriante y pertinaz ruido emergía y se escondía de inmediato donde surgía el murmullo de un viento que parecía expresarse entre los restos de una cueva olvidada. Un momento más tarde, el murmullo volvía a emerger, resonando con mayor fuerza que antes. Aparecía y desaparecía esa voz que hablaba sin descanso, como si la voz estuviera reproduciéndose donde lo más profundo de un río. Solo la corriente de agua densa era la responsable de traer y llevar el sonido del ruido, de la voz, y de agrandarlos hasta hacerlos desaparecer finalmente.

La luz del fondo, encerrada dentro de una diminuta esfera blanda, parecía que deambulaba de un lado hacia el otro sin decidirse a parar en algún punto fijo. De pronto se había instalado el silencio como fondo intransigente y demoledor.

Una sombra larga escurría hacia el suelo blando, desde lo que parecía una ventana, y bajaba lamiendo el aire. Más allá, una mujer, quizá acorazada en un traje ajustado y reluciente como un reflejo de agua viva, elevaba las manos y se echaba a reír con incipiente locura. El ambiente estaba teñido de rojo, todo, pero llevaba una densidad de ponzoña espesa, y por aquí y por allá se escuchaban bisbiseos inquietos que chocaban con las paredes amorfas de transparencia.

Él sabía perfectamente lo que le decían, pues reconocía el significado de cada palabra, aunque no se podía traducir ninguna de las frases que iba escuchando a la formalidad con que se manifiesta un idioma concreto. Todo estaba conformado a partir de un desbarajuste sin freno y desvinculado de todo referente real.

Su boca, la de él, registraba con enorme dificultad el sonido y lo soltaba para que este echara a andar, y entonces el sonido se ponía a avanzar a cuatro patas, como si fuera un extraordinario animal debidamente adiestrado. Y después sonaba un número, después otro, más tarde otro. Una cara femenina sonreía y surgía, enganchada a esa sonrisa, la placentera inmovilidad de la satisfacción debido a una alegría libre y enorme.

Alguien le introducía los dedos en la boca. Sabor a confeti rancio. Le tiraba de la lengua. «Dime… Dímelo ya».

Posteriormente, él se veía a sí mismo, pero desde una larga distancia de horizonte nebuloso, boca abajo y abrazado por un descomunal cuerpo cuya boca le mordía el cabello y le estiraba desde la nuca con la fuerza de unas manos enormes.

El último número, resonaba y resonaba como platillo de feria. «¿Cuál es el último…? Dinos…» Y se imaginaba lo que venía a significar la palabra número, aunque realmente no volvía a escucharla más. Sabía cuál era el último número, esto él lo sabía muy bien.

Luego se vio recostado contra la pared, haciendo unos pucheros incontenibles y flácidos con la boca. Veía sus propios dientes masticando agua. Su lengua se mostraba negra como el fondo de una larguísima cueva. Era azul, el rojo era azul y el velo de su paladar, también. El último número, volvía a sonar. Él estiraba una mano y señalaba. La pierna de una mujer rodeaba la compostura de su cuello y él sentía, a partir de ahí, que le costaba respirar. Le faltaba la certera bocanada de aire. Y sin pensarlo más, daba el último número, su último número. «¿Dices el nueve?», preguntaba alguien. El nueve, sí, era el nueve.

Desde el suelo de humo surgía una hoguera que hervía entre el rojo y el azul más inquietos, más devastadores. Abrasaba la lengua que le lamía otra vez la entrepierna. Luego sintió el incansable escozor recorriéndole el cuerpo desde los glúteos hasta la base de la cabeza.

Entonces aparecía la grandiosa cabeza de la serpiente, que sufría a lágrima viva porque no podía separarse de un cuerpo escultural, adornado con piedras marmóreas y especialmente estáticas.

Él lloraba. Imploraba sensatez. Pedía que no lo arrojaran al vacío. «Por fav...»

De pronto sonó un grito espeluznante. Era su grito. Lo reconoció enseguida. Al poco vio la cara de Hélène. Por su aspecto, se podía deducir que ella estaba en exceso preocupada, sin duda lo estaba, su gesto andaba abrasado por la inquietud, por la incertidumbre, por una duda achicharrada de un excesivo temor.

Volvió a sonar otro grito. Otra vez su grito. Y él empezó a reír con exageradas carcajadas.

Vicente, en ese momento, dirigió la mirada hacia sus manos y observó cómo temblaban sus delgados dedos. Hélène, sin dudarlo, le agarró con fuerza la cara y susurró: «Ya, tranquilo, vamos, respira con calma, cariño... Respira, respira... Con calma. Así... Respira... Respira... Ya, ya... Ya ha pasado todo...»

Vicente cerró entonces los ojos y se echó a llorar. La crueldad que invadía su llanto no le permitía respirar con la necesaria cadencia, con la oportuna calma. Recordó a duras penas el duro aspecto de todas esas caras plagadas de sombra que le sonreían con escándalo. Y él lloraba, lloraba también en su recuerdo, del mismo modo que lloraba, con emocionado desconsuelo, delante de la desencajada cara de Hélène, que le reclamaba hacia donde la cordura de la realidad debería instalarse.

Escritor con formación en Dramaturgia y Dirección de Escena. Su trabajo combina escritura creativa, docencia y una visión muy humanista del arte. Su literatura se caracteriza por un enfoque introspectivo, de enorme crítica social y especialmente emotivo.

Reflexiona sobre la creación, la justicia y el papel transformador de la palabra. Utiliza el lenguaje como elemento de reflexión.

Esta es su cuarta novela. Anteriormente publicó *Vivir*, *Sueño de paloma volando* (ambas con ed. Libros Indie), *Fantasía en azul* (Estamos Leyendo Ediciones).

Temas recurrentes en su pensamiento son: la escritura como herramienta para investigar la realidad.

Fue miembro fundador de la compañía T.F.T. (Teatro Fuck Toría), con la que estrenó, como dramaturgo, varias obras, y dirigió una. Ha colaborado con otras compañías teatrales, con las que ha estrenado diversos textos.

Fue socio de la empresa cinematográfica Manterola producciones audiovisuales, con la que realizó la producción, dirección y guion de un cortometraje, un mediometraje y un largometraje. Ha escrito otros guiones de cine.

La literatura para este autor es pasión y condimento necesario de vida.

www.ingramcontent.com/pod-product-compliance
Lightning Source LLC
LaVergne TN
LVHW090942080826
845145LV00003B/860

* 9 7 8 8 4 0 9 8 3 5 9 8 0 *